Bernhard Strobel

Der gute Mann Leidegger

Roman

Literaturverlag Droschl

Es *traf* sich so; da liegt der Hund begraben.
Henrik Ibsen

1

Weil es sich so ergeben hatte, unterhielt Leidegger seit mehreren Monaten eine Affäre. Mit derselben Frau hatte er vor vielen Jahren einmal eine Beziehung gehabt, und in der langen Zeit, die dazwischen lag, hatte er eine andere geheiratet, ein Haus gebaut und eine Tochter bekommen, die jetzt elf Jahre alt war.

Ohne Zwischenfälle war die Affäre bislang vonstattengegangen, weil beide Spielpartner des geheimen Spiels alle Regeln befolgt hatten. Jetzt war etwas vorgefallen, das als ein vorsätzlicher Regelverstoß eingestuft werden musste, und sofort erblickte Leidegger darin ein Zeichen seines bevorstehenden Unglücks.

Seit drei Jahren arbeitete er als selbstständiger Fotograf in einem kleinen Studio, einem alten Werkstattgebäude, das zwei Ortschaften von seinem Wohnort entfernt lag. Er arbeitete dort in der Regel von acht Uhr morgens bis vier am Nachmittag. Nicht selten arbeitete er auswärts, im Sommer häufig auch an den Wochenenden, aber fast immer begann und beendete er seinen Arbeitstag in der Werkstatt. Auf einem Schild neben der Tür war zu lesen: »Kundenverkehr Mo–Fr von 08–12 Uhr. Termine außerhalb der Geschäftszeiten bitte telefonisch oder per E-Mail«, dazu die entsprechenden Kontaktangaben. Darunter war eine Klingel angebracht, neben der in großen Buchstaben »Bitte läuten« stand. Das Geräusch der Klingel gehörte seit langer Zeit zu seinem Arbeitsalltag, und nichts daran erschreckte ihn. Aber es erschreckte ihn, wer an diesem Tag um Viertel vor drei Uhr vor der Tür stand: Kamilla.

Es bestand die feste Vereinbarung, dass sie ihn niemals hier aufsuchen durfte. Jetzt stand sie da, und vor Schreck hätte er beinahe aufgeschrien. Sein Glück war, dass ihm das Schreien misslang, weil das Erschrecken ihm die Zunge betäubt hatte. Er fasste nach ihrem Handgelenk. Er zog sie herein, und in den wenigen Sekunden, die es brauchte, bis sie an ihm vorbei ins Werkstattinnere gestolpert war, fiel Leidegger nichts Besseres ein, als den Hals auszufahren und sinnlos den Kopf durch den kleiner werdenden Türspalt hinauszustrecken. Verstohlen blickte er sich um und bereute es sofort: Wieso um alles in der Welt blickte er sich jetzt um, und noch dazu verstohlen? Als genügte es nicht, am helllichten Tag eine Frau in ein Gebäude zu zerren, musste er dem Ganzen noch eine Verstohlenheit nachreichen. Nach links und rechts blicken, prüfen, ob die Luft rein ist, dann flugs den Kopf einziehen, wie die Schildkröte im Kinderfernsehen, und ihn durch den Türspalt verschwinden lassen – auf keiner Bühne der Welt hätte eine solche Szene bildhafter zum Ausdruck gebracht werden können. Spielen Sie verdächtiges Verhalten, aber spielen Sie es peinlich! Er fasste es nicht: Wer ihn jetzt beobachtete, musste ihn für einen Gewalttäter halten. Die Werkstatt lag an der Hauptstraße, und auch wenn es sich nicht um eine vielbefahrene Straße, erst recht nicht um eine belebte Geschäftsstraße handelte, gingen doch immer wieder Menschen hier vorbei oder standen neugierig in ihren Gärten. Vor allem ältere Leute hielten sich oft im Freien auf und grüßten ihn, wenn er die Werkstatt betrat oder verließ. Oder die Postbotin mit dem Baseballcap, die ihren gelben Kleintransporter immer ganz in der Nähe abstellte und kleinere Pakete zu Fuß in ihrem Bereich austrug; die alleinerziehende Mutter, die gern vor der Garage ihre zwei Kindergartenkinder anschrie; der einsame Alte, der so oft am Fenster stand und schaulustig den Blick überall in der Gegend umherwandern ließ; der jüngere dunkelhäutige Mann mit den Rastazöpfen, der jeden zweiten Tag mit seinen beiden Hunden auf der gegenüberliegenden Straßenseite mit einem großen Rucksack zum Einkaufen ging. Nie hätte Leidegger das alles erfassen können in dem kurzen Moment, als er durch den Türspalt hinausgespäht hatte, was sein unsinniges Verhalten umso unsinniger machte. Er spürte den Ärger in sich hinaufkriechen. Gleich würde er vor lauter Ärger jemandem die Nase langziehen! Ein derart gedankenloses Verhalten konnte nur dem Schrecken zuzuschreiben sein, und damit ihr, der Verursacherin seines Erschreckens. Sie hatten Regeln vereinbart. Trotzdem war sie gekommen, und schon blieb ihm keine andere Wahl mehr, als jenes gefährliche Versteckspiel zu veranstalten, von dem er gehofft hatte, es niemals veranstalten zu müssen.

Der Schulbus, dachte Leidegger plötzlich. Er blickte auf die Uhr, und sofort konnte er nur mehr an den Schulbus denken, mit dem seine Tochter an fünf Tagen in der Woche an der Werkstatt vorbeifuhr. Als sie noch jünger gewesen war, hatte er manchmal draußen auf der Straße auf das Vorbeifahren des Busses gewartet, um der Tochter zu winken. Wenn er nicht auswärts zu tun gehabt hatte und sich gerade niemand für einen angemeldeten Termin bei ihm in der Werkstatt aufhielt, hatte er bei jedem Wetter in geduldiger Erwartung die Ohren nach dem markanten Brummen aufgestellt und vor der Werkstatt ausgeharrt, bis das Winken erfolgen konnte. Jetzt, da sie älter geworden war, wollte sie nicht mehr winken, und seit Langem trat Leidegger nicht mehr für den Schulbus hinaus auf den Gehweg. Aber der Bus mit seiner Tochter darin tuckerte ja nichtsdestoweniger täglich dort draußen vorbei, und ein Bus hatte Fenster, sehr große Fenster. So gut wie alles aus der vorbeiziehenden Welt konnten neugierige Kinderaugen durch diese übergroßen Fenster in sich aufsaugen! Auch einen Mann, der ein Frauenhandgelenk umfasste und rüpelhaft die daran hängende Frau in ein Haus zerrte. Den ganz besonders! Auf der Stelle versuchte er, in Gedanken bis zu der Szene zurückzuspulen, als er nach dem Klingeln die Tür geöffnet hatte und Kamilla auf der Bildfläche erschienen war. Hatte etwas großes Gelbes sich durch sein Gesichtsfeld bewegt? War da ein Brummen gewesen? Das altbekannte Geräusch, das er auch jetzt bei offenem Fenster oft hörte und in gerührter Erinnerung an vergangene Zeiten genießerisch in sich aufnahm? Es brummte. Jetzt brummte es in seinem ganzen Schädel! Dass der Schulbus ausgerechnet im allerungünstigsten Augenblick vorbeigefahren sein sollte, war wenig wahrscheinlich. Aber es war die Möglichkeit, nicht die Wahrscheinlichkeit, die ihm das Hirn zerfraß.

Hinzu kam, dass Leidegger von Anfang an befürchtet hatte, sich früher oder später zwangsläufig mit Unannehmlichkeiten dieser Art herumschlagen zu müssen. Fing es nicht immer so an? Wurden Affären bekanntermaßen nicht immer deshalb aufgedeckt, weil jemand an einem Ort auftauchte, an dem ein Auftauchen verboten war? Weil einer der Spielpartner die Regeln brach, weil Abmachungen nicht eingehalten, grundlegende Verbote missachtet wurden? Hatte er nicht immer befürchtet, dass etwas wie das eintreten würde und dass mit diesem ersten Eintreten zwingend das tragische Ende eingeläutet würde? Doch, das hatte er. Und jetzt, oh Wunder, war es tatsächlich eingetreten. Noch mehr als Ereignisse, die ungeahnt eintraten, verabscheute Leidegger alles vorhergesehen Eintretende. Ereignisse, die er bereits vorausbefürchtet und geistig vorauserlebt hatte und die dann so einfallslos waren, sich tatsächlich zu ereignen, waren ihm zutiefst unerträglich. Die sich selbst erfüllende Prophezeiung war ihm unter allen Alltagsstörungen die am meisten verhasste, und doch war er ihr unübertroffener Meister. Jetzt stand in seinem privaten Werkstattstudio die Gestalt gewordene

Prophezeiung, und die Bestürzung ließ ihm den Speichel im Maul aufwallen.

»Meine Tochter fährt jeden Tag mit dem Schulbus dort draußen vorbei!«, rief er und zeigte auf das Fenster zur Hauptstraße. Er war sehr nahe an Kamilla herangetreten und konnte Spuren seines eigenen Speichels auf ihrem Gesicht entdecken; sie glitzerten wie Pailletten oder ein grotesker Körperschmuck in dem einfallenden Sonnenlicht. Bevor sie Gelegenheit hatte, etwas zu erwidern, schoss es ihm ein: Anstatt das Kind beim Namen zu nennen, hatte er »meine Tochter« geschrien. Es wurmte ihn, dass ihm dies passiert war, denn er empfand es wie eine Verleugnung. Und nichts anderes war es, eine Verleugnung. Jeder dahergelaufene Hobbypsychologe hätte aus dieser sprachlichen Fehlleistung sofort die verdrängten Schuldgefühle herausanalysieren und ihm damit vor der unbewussten Nase herumfuchteln können: Haben Sie bemerkt, Herr Leidegger, was soeben passiert ist? Warum, glauben Sie, ist Ihnen das passiert? Fällt es Ihnen schwer, in Gegenwart dieser anderen Frau den Namen Ihres Kindes auszusprechen? Warum, glauben Sie, fällt Ihnen das schwer?

Aber es fiel ihm doch gar nicht schwer!

»Selina! Sie heißt Selina!«, rief er.

»Aber das weiß ich doch«, sagte Kamilla.

»Ja. Du musst wieder gehen.«

»Glaubst du wirklich, sie hat uns gesehen?«, fragte sie.

»Ich weiß nicht.«

»Ist der Bus vorbeigefahren?«

»Ich weiß nicht.«

»Kennt sie mich denn überhaupt?«, fragte sie. »Hat sie mich jemals gesehen?«

»Ich weiß es nicht!«, rief er, und in seinem Kopf war nur ein einziger Gedanke: sie genauso schnell wieder hinauszuschaffen, wie er sie hereingeschafft hatte. Nun, ganz genauso schnell nicht, da er keineswegs wünschte, der Auffälligkeit des Hineinzerrens noch diejenige des Hinauswerfens folgen zu lassen. Seine Vorstellung war, je kürzer Kamilla hier sei, desto weniger schlimm wäre es in allen Belangen. Je kürzer der Regelbruch, desto harmloser die Folgen – dieser Leitsatz, soeben ersonnen, schien plötzlich logisch wie ein Naturgesetz. Der naheliegende Plan war, Kamilla hinauszubegleiten wie eine gewöhnliche Kundin. Er dachte: Sie hatte einen Termin, und du wirst dich verflucht nochmal zusammenreißen und mit ihr verfahren wie mit jeder anderen Person, die dich für ein Passfoto oder eine Besprechung für eine Hochzeit aufgesucht hat. Es verwunderte ihn, wie gut seine eigenen gedachten Worte auf ihn wirkten. Da sie so gut funktionierten, legte er noch ein paar nach: Es ist ganz einfach, du darfst nur nichts Übertriebenes, Auffälliges, Emotionales in dein Verhalten einschleichen lassen. Auch bei ihrem Erscheinen wäre diese Herangehensweise als einzig vernünftige angebracht gewesen, das war Leidegger klar. Weil sich die Zeit nicht zurückdrehen ließ, er sich jedoch verständlicherweise gern zu der Sorte Menschen zählen wollte, die aus Fehlern klug werden, schritt er in Gedanken schon eilig voran in der Vorbereitung seines Projekts von Kamillas Hinausbegleitung. Tür öffnen, Tür aufhalten, hinaustreten, lächeln, nichtssagende Worte wechseln, zur Verabschiedung ein Händedruck, hineingehen und Tür schließen, der Person nicht nachblicken. Keinesfalls durfte er den Fehler begehen, ihr nachzublicken. Sowie er das dachte, überfiel ihn schon wieder der Ärger. Das alles klang sehr verdächtig nach einem Unternehmen, bei dem erst recht etwas schiefging. Übertriebene Vorsicht machte gern Striche durch Rechnungen, das war allgemein bekannt. Wer hat nicht schon einmal bewusst auf die eigene Atmung geachtet und auf der Stelle einen Keuchanfall bekommen? Oder war bei dem Vorhaben, einen verletzten Ellbogen vor schmerzhaften Berührungen zu bewahren, prompt dreimal hintereinander gegen den Türstock geknallt? Leidegger war es. Wenn das Planen und Aufpassen nicht half, blieb nur mehr das Hoffen, das Glück – genau das, was er in seiner Ehebruchsbetätigung um jeden Preis ausschalten wollte. Aber was war denn nun der erfolgversprechendere Weg, aufpassen oder nicht aufpassen? Wie sollte er vorgehen, damit bei dem gespielten Gewohnheitsmäßigen nicht das Gespielte, sondern das Gewohnheitsmäßige die Oberhand behielt? Dass er plötzlich zum Darsteller seiner eigenen unbewussten Routinen werden musste und sein Arbeitsplatz zu einer Bühne, stieß Leidegger überaus sauer auf.

»Ich sehe, du wirfst mich hinaus«, sagte Kamilla.

»Das hast du sehr richtig erkannt. Wir hatten eine Abmachung.«

»Die du praktisch im Alleingang getroffen hast.«

»Und du warst damit einverstanden.«

»War ich das?«

»Was wäre, wenn Martina plötzlich auftauchen würde?«

»Du hast gesagt, deine Frau kommt nicht bei dir in der Arbeit vorbei, weil sie selbst in der Arbeit ist. Denkst du, sonst wäre ich gekommen?«

»Oder Selina könnte an der nächsten Haltestelle aussteigen und mich besuchen.«

»Macht sie das denn?«

»Früher manchmal, jetzt nicht mehr.«

Sie nickte und fing schon an, mit neugierigen Blicken in der Werkstatt um sich zu werfen.

»Aber sie könnte es tun!«, sagte er.

»Ich verstehe. Sie tut es nicht, könnte es aber tun. Sie hat mich noch nie gesehen und weiß nicht, wer ich bin. Da muss man große Angst haben, das ergibt Sinn.«

»Ja, tut es. Es macht mir keinen Spaß, dich hinauszuwerfen, aber ich halte es nicht aus, dich hierzuhaben. Ich wollte es nie so weit kommen lassen, dass etwas in Zusammenhang mit uns mich dermaßen nervös macht. Im Übrigen werde ich dich nicht hinauswerfen, sondern dich höflich hinausbegleiten. Du bist eine Kundin, du hattest einen Termin.«

»Eine Kundin also, na schön. Darf eine Kundin denn das hier?«, sagte sie halb im Ernst, halb im Scherz, und schickte sich an, eine Intimität an ihm zu begehen. Er trat einen Schritt zurück. Er kam sich vor wie in einer Schmierenkomödie. Obgleich seiner Verbindung mit Kamilla, wie wohl fast allen Affären, vornehmlich die Sexualbetätigung zugrunde lag, war aus begreiflicher Ursache daran nicht zu denken. Dachte sie denn daran? Sofort glaubte Leidegger zu wissen, was sich in Kamillas Fantasie vor ihrem Besuch zugetragen hatte: ein abenteuerlicher Liebesakt in den Räumlichkeiten einer alten Werkstatt. Auf der Werkbank, zwischen moderner Fotoausrüstung und antiquiertem Handwerkszeug, in dem romantischen Geruch, den sie sich (und das allerdings wahrheitsgemäß) muffig und ölig und holzig vorstellte. In der Dunkelkammer. Wer träumte nicht von Sex in der Dunkelkammer? Gab es nicht eine bekannte Filmszene, die in so einem Raum stattfand? Zwar hatte es tatsächlich einmal eine Dunkelkammer hier gegeben, doch sie wurde praktisch kaum mehr als solche genutzt. Das konnte Kamilla nicht wissen, aber es spielte auch keine Rolle – die Vorstellung allein hatte ihr genügt. War es wirklich das, was sie wollte, den Kitzel des Verbotenen in der nostalgischen Kulisse eines alten Werkstattgebäudes? Er sah vor sich, was er glaubte, was sie vor sich sah, doch die Erregung blieb aus. Hatte sie allen Ernstes geglaubt, sie brauche bloß ohne Vorwarnung hier aufzutauchen, ihn in seine eigene Werkstatt hineinzulocken, und sofort würde er wie ein mechanisches Aufziehspielzeug vor geifernder Geilheit aus allen Nähten platzen. Und darüber alle Verbote, Vorsätze und Abmachungen über den Haufen werfen!

»Ich meine es ernst«, sagte er und schob sie zur Tür.

Da sie merkte, wie wenig er zum Spaßen aufgelegt war, spielte Kamilla artig das Spiel mit. Und wie gut sie es spielte! Erschreckend gut, viel besser als er selbst. Wie sie ihm beim Hinaustreten diskret lächelnd die Hand hinstreckte und »auf Wiedersehen« sagte, sogar in einer anderen Stimmlage, tiefer, als er es von ihr kannte. In demselben geschäftsmäßigen Tonfall sagte sie jetzt gut vernehmbar: »Es bleibt bei dem Termin morgen um 13:00?«, worauf er nur ein dümmliches Nicken zustande brachte. Während der Fotograf Leidegger größte Mühe aufbringen musste, den Fotografen Leidegger zu spielen, schlüpfte sie vor seinen Augen in eine neue Rolle wie andere in ein frisches Paar Socken. Was für eine begabte Schauspielerin sie ist, dachte er fast stolz und wünschte sich für einen Moment, jemand wäre hier draußen unterwegs und würde sie hören. Seht, was für eine großartige Schauspielerin ich hier habe, würde er denken und die Wonne genießen, die daraus entstand, dass niemand außer ihnen selbst das Schauspiel als solches erkannte. Aber da war niemand, und mit einer Mischung aus Wehmut und Beglückung erfüllte ihn die Erkenntnis, dass der gespielte Abschied zugleich ein echter war; sie wusste es nur noch nicht. Es war Zeit, den Schlussstrich zu ziehen. Selbstverständlich hatte er sich in Gedanken an seine Ehe schon oft geschworen, das Verhältnis zu beenden, jedes Mal eigentlich, nachdem er bei ihr gewesen war. Aber er hatte es nicht getan. Jetzt hatte er einen Anlass. Voller Entschlossenheit stand er in der Tür, blickte ihr nach und dachte: Endlich ein Anlass!

Der Entschlossenheit folgte Erleichterung, als er sie ins Auto steigen und kurz darauf in der Kurve verschwinden sah. Er trat in die Werkstatt und atmete auf. Er fühlte sich schlecht, weil er sie hinausgeworfen hatte; er wollte ein Gentleman sein, aber zu seinen Bedingungen. Beinahe kam es ihm selbst ein wenig übertrieben vor, wie er reagiert hatte, aber gegen seine Gefühle hatte er noch nie viel ausrichten können. Er war hochgradig erleichtert. Er genoss die Erleichterung und versuchte, sich ins Gedächtnis zu rufen, wann er das letzte Mal derart erleichtert gewesen war. Beim Erwachen aus einem Albtraum? Nach dem Hautarztbesuch, als ein dunkler, verdächtig aussehender Fleck unter der Achsel sich als eine gemeine Alterswarze herausgestellt hatte? Es war ein Gefühl, wie wenn etwas Schweres von ganz weit oben in ihm hinunterfiele, beim Auftreffen jedoch keinen Schaden verursachte. Er erinnerte sich an das Gefühl aus seiner Kindheit, als die erwartete Strafe ausblieb, nachdem er beim unerlaubten Fußballspielen im Hof eine Scheibe kaputtgeschossen hatte, oder an das eine Mal, als seine Mutter von der Lehrerin in die Schule zitiert und er irrtümlich für etwas beschuldigt worden war, das ein anderer getan hatte. Sofort wünschte er sich, viel öfter erleichtert sein zu können, am liebsten einmal pro Tag. Für solche Gefühle lebte der Mensch! An der Unsinnigkeit eines Wunsches nach aufrichtiger Erleichterung störte Leidegger sich nicht, denn es war ein schöner Wunsch.

Dann fiel es ihm ein: Er hatte Kamilla nachgeblickt! Auf diesen Aspekt seines Plans hatte er in seiner blödsinnigen Bewunderung ihrer Schauspielkünste rundweg vergessen. Es hatte also begonnen. Von jetzt an würde alles seinen unaufhaltsamen Gang gehen. Er wusste es. Alle wussten das doch! Der Stein, der ins Rollen gebracht wird, der Anfang vom Ende, Dominoeffekt, Kettenreaktion, Initialzündung – alles Bezeichnungen für ein und dasselbe. Wer einmal eine Regel bricht, dachte er, denn von irgendwoher glaubte er zu wissen, dass ein erster Regelbruch immer nur den Anfang einer ganzen Reihe von Regelbrüchen darstellte, und am Ende wartete das unschöne Finale, das große Zusammenkrachen.

Was war das heute für ein heilloses Durcheinander an Gefühlen! Ärger, Entschlossenheit, Wehmut, Bewunderung, Erleichterung, dann wieder der Ärger, und alles wollte gleichzeitig drankommen. Er kam sich vor wie der einzige Angestellte in einem Vermittlungsbüro für Emotionen, aber in diesem Büro war die Rebellion ausgebrochen. Keine hielt sich mehr an die Reihenfolge, alle waren aufgesprungen und wuselten wild umher, die Nummernanzeige war von der Wand gerissen, im Wartebereich lagen die Stühle umgekippt, alle schrien und schimpften durcheinander, aber hauptsächlich gegen ihn, der bestürzt hinter dem Schalter stand und hilflos bedrängt wurde. Er wollte gern etwas kaputtschlagen. Doch alles, worauf sein Blick fiel, war entweder Teil seiner Arbeitsausrüstung oder zu massiv, um von Menschenhand zertrümmert zu werden. Die Kaffeetasse, her mit der Kaffeetasse! Schon war er auf dem Weg zu dem kleinen Tisch, auf dem die Kaffeemaschine und Tassen standen, als auf seinem Telefon eine Textnachricht gemeldet wurde. Sie kam von Kamilla: »Du alter Regelfetischist! Hab nicht gewusst, dass dich das soooo nervös macht.« Herzchen und Küsschen folgten, und Leidegger musste lange überlegen, was er antworten sollte. Er starrte die Symbole an, die ihn als scheinbar unmissverständliche Zeichen der Zuneigung anstrahlten. Er starrte so lange, bis seine Augen von der stechenden Helligkeit des Displays zu tränen begannen. Etwas an diesen Symbolen störte ihn. Sie passten nicht zu dem letzten Eindruck, den er von dem Gesicht der Person, die sie verschickt hatte, noch so frisch im Kopf hatte. Es war das Gesicht einer Schauspielerin, ein gefälschtes Gesicht, und er wurde den Eindruck nicht los, auch aus den Symbolen spräche etwas Gefälschtes, Geschauspielertes. Weil er selbst so gut wie nie Symbole verschickte, konnte er schwer nachvollziehen, warum andere es taten, noch schwerer mit diesem Gesicht vor Augen. Dass ein Gesicht sich veränderte und es wahrscheinlich nicht mehr dasselbe Gesicht war, das diese Nachricht gesendet hatte, war für Leidegger leicht vorstellbar, aber sein unschönes Gefühl erfuhr dadurch keine Aufhellung. Er traute diesen Herzchen und Küssen nur mit Einschränkung. Als Antwort schrieb er, obwohl er am liebsten gar nicht geantwortet hätte: »Schon gut. Wir sehen uns morgen«, dann löschte er die Textnachrichten. Da sein privates Handy zugleich sein Diensthandy war, entfernte er immer alle von Kamilla empfangenen oder an sie gesendeten Nachrichten und Anrufe.

In dem Versuch, das Vorgefallene schnellstmöglich in das weite Reich der Verdrängnisse abzuschieben, zwang er sich zum Weiterarbeiten. Er musste Fotos bearbeiten und auf Datenträgern speichern, eine Auswahl treffen, wie es von dem Kunden gewünscht wurde, die Bilder in fünfzig Porträtmappen einordnen und für den Versand fertig machen. Nichts davon gelang ihm mit der nötigen Aufmerksamkeit. Stur versuchte er, den Blick auf den Bildschirm gerichtet zu halten, doch immer drehten seine Augen von selbst in eine andere Richtung ab, wie ein Hund, der links und rechts alles beschnüffelt, seinen Urin verspritzt oder sein Häufchen macht, und immer musste er ihn unter erheblicher Anstrengung an der Leine zurückziehen. Erfreut bemerkte er den Eingang einer E-Mail, die er sich sofort durchlas, die sich aber lediglich als eine Terminbestätigung herausstellte und keine Antwort erforderte. Er kramte das Handy aus der Tasche und überprüfte die Terminliste für morgen. Er steckte es wieder weg, klickte sich gedankenlos durch die Ordner auf dem Laptop, und plötzlich tauchte eine Erinnerung auf: der kurze Anblick von Kamillas Blusenausschnitt, der sich geöffnet hatte, als er sie in die Werkstatt hineingezogen hatte. Sogleich spürte er, wie in der Enge seiner Unterhose eine Erregung stattfand. Nun war es also doch noch zu einer Erregung gekommen an dem Ort, an dem er sich eine Erregung unter allen Umständen verbieten wollte. Eine solche Erregung konnte er nicht gebrauchen! Er mochte Regeln, weil sie Sicherheit gaben. Die Regel besagte: Die Affäre nicht an den Arbeitsplatz kommen lassen, am besten nicht einmal in Gedanken. So war es am sichersten. Jetzt, wo alles schon vorbei und Kamilla nicht einmal mehr hier war, auf diesen jahrtausendealten Sexualitätstrick hereinzufallen, machte ihn nur noch arbeitsunfähiger.

Krachend klappte er den Laptop zu und hüpfte vom Sessel auf. Er zog sich um. Er knipste die Sicherheitsschalter an den Verteilerdosen aus. Er sperrte den Spind, den Schreibtisch, die Eingangstür ab. Dann ging er, ohne auf die Uhrzeit zu achten. Erst im Auto bemerkte er, dass er um einiges früher als sonst aufgebrochen war. Und er fuhr schnell, zu schnell. Eigentlich fuhr Leidegger selten schnell mit dem Auto. Seit er Vater geworden war, hatte er sich hohe Geschwindigkeiten beim Autofahren praktisch ganz abgewöhnt. Noch immer klebte auf seiner Heckscheibe der Aufkleber: »Selina fährt mit«. Wie die meisten Eltern hatte er ihn angebracht, um die anderen Verkehrsteilnehmer zur Vorsicht anzuhalten, obwohl er selbst sich von solchen Botschaften eher angegriffen fühlte. Einerseits hatte er keinen Bedarf, die Namen ihm völlig fremder Kinder zu erfahren, die ihm, sofern sie nur ausgefallen genug waren, für immer im Gedächtnis blieben – Madison fährt mit, Kimberly fährt mit, Odysseus fährt mit; auf der anderen Seite sollte im Straßenverkehr ganz allgemein das Gebot der Vorsicht vorherrschen, nicht bloß Kindern gegenüber. Er empfand es immer aufs Neue als eine Beleidigung, wenn ihm mit solchen emotionalen Botschaften unterstellt wurde, sich rücksichtslos gegen Fahrzeuglenker zu verhalten, nur weil sie kinderlos waren oder keine Lust hatten, ihre Scheiben mit Stickern zu bekleben. Sofort drosselte er das Tempo, als ihm aufging, wie hirnverbrannt rasend er über die Fahrbahn fegte. Und weil ihm bewusst wurde, wie lächerlich er sich benahm: ein emotional durchgebeutelter Mann, der sich als irrer Fahrzeuglenker betätigte – was für ein bitter peinliches Klischee! Wie viele Männer wohl schon aus den Straßengräben der Welt herausgefischt worden waren, weil sie sich in ihren selbstverschuldeten Liebesverstrickungen nur mehr durch schnelles Autofahren zu helfen gewusst hatten. Auf diese Peinlichkeit wollte er gern verzichten.

Vor dem Haus angekommen, beruhigte er sich mit dem Gedanken, durchaus nicht zum ersten Mal vor seiner gewohnten Zeit von der Arbeit zurückzukehren. Da es jedoch nicht sehr häufig vorkam – wenn er nicht zur üblichen Zeit heimkam, dann fast immer später –, rechnete er mit einer Bemerkung. Selina stand im Wohnzimmer, als er hereinkam, sagte: »Papa!«, und schon wartete er nur mehr auf den Zusatz: »Du bist heute früher da!« Aber es kam nichts. Meistens saß sie bei seiner Ankunft bereits am Esstisch, mit Zeichnen und Hausaufgaben beschäftigt. Heute hatte sie noch nicht einmal ihre Schultasche ausgeräumt, stand noch tatenlos im Wohnzimmer, und es überraschte Leidegger, keinerlei Anzeichen der Überraschung an ihr festzustellen. Auch Martina, die wenige Meter von ihm entfernt stand, erwähnte mit keinem Wort seine verfrühte Heimkehr. Sie umarmte ihn kurz, gab ihm einen Kuss und drehte sich wieder zur Kaffeemaschine. Ein nagendes Gefühl drückte ihn: Die Überraschung blieb aus, und sofort überraschte Leidegger das Ausbleiben der Überraschung. Weil er selbst im höchsten Grad durcheinander war, glaubte er, es müsse überall an ihm abzulesen sein. Es ist ihnen nichts aufgefallen, du darfst erleichtert sein, sagte er sich. Aber es ging nicht. Eine Erleichterung gelten zu lassen, war ihm nicht möglich, weil er ihr nicht über den Weg traute – er war heute schon einmal nach einer Erleichterung hinterlistig von anderen Emotionen überfallen worden. »Nichts mehr zu tun heute«, hätte er, zur Uhrzeit befragt, sagen müssen, was nicht der Wahrheit entsprach. Zum ersten Mal lügen müssen, davor ängstigte er sich am meisten. Er verheimlichte, hinterging, betrog, aber seit seiner ersten Wiederbegegnung mit Kamilla hatte er keine einzige Unwahrheit offen aussprechen müssen. Einzig die Gewissheit, zur Gänze ohne Lügen auszukommen, hatte Leidegger die Affäre überhaupt erst eingehen lassen. Zum einen hielt er sich für einen schrecklich schlechten Lügner. Zum andern zog eine erste Lüge bekanntlich stets eine weitere nach sich, dann noch eine und noch eine bis zu dem berüchtigten Lügengebäude, das, wie jedes Kind wusste, früher oder später krachend einstürzte. Es war wie mit den Regelbrüchen. So gesehen war es völlig gleichgültig, wie viele Lügen am Ende entstanden, denn da auf die erste zwingend immer weitere folgten, war im Grunde mit der ersten schon alles entschieden, alles verloren, das hatte schon der Vater ihm eingebläut. »Wer einmal lügt, dem glaubt man nicht« und »Du sollst nicht lügen« waren Floskeln, die sich Leidegger dermaßen tief ins Gehirn eingebrannt hatten, dass daraus eine seiner schlimmsten Ängste hervorgegangen war.

Das Glück oder der Zufall ersparte ihm das Lügen für dieses Mal. Nicht verschont dagegen wurde er von der Unkonzentriertheit. Sie setzten sich an den Tisch, wo Selina schon ihre Sachen auszubreiten begann, die Kaffeetassen standen bereit, die Kaffeemaschine gurgelte wohltuend im Hintergrund, und noch mit Gedankensplittern des heutigen Vorfalls im Kopf rührte Leidegger sinnbildlich die leere Luft in der Tasse. Mehrmals musste Martina eine Frage zwei- oder dreimal stellen, bevor er antwortete, und dass er noch immer die Straßenschuhe anhatte, fiel ihm erst auf, als er sich schon zu Selina hinübergebeugt hatte, um zu sehen, was es heute für ihn zum Ausmalen gäbe. Er stand noch einmal auf, um sich die Schuhe auszuziehen. Doch anstatt in den Garderobenraum, bog er in Richtung WC ab. Er musste sich konzentrieren. Zurück am Tisch, begann er direkt mit dem Ausmalen, aber von einer Konzentration war er weit entfernt. Du wirkst zu zerstreut, sagte er sich. Wurde diese Zerstreutheit auch von den anderen bemerkt oder fiel es Selina nicht auf, dass er beim Ausmalen nicht bei der Sache war, dass er plötzlich die falsche Buntstiftfarbe verwendete, nicht die von Selina schon vor seiner Hand abgelegte, und gedankenverloren in die Schachtel hineingriff, um einen x-beliebigen Stift herauszusuchen? Sie liebte das Zeichnen, aber das stupide Ausmalen liebte sie nicht, das durften immer öfter die Eltern erledigen. Die Eltern waren mit der Zeit ziemlich versiert im Ausmalen geworden. Sie malten aus, was ihnen aufgetragen wurde, und sie malten geduldig. Aber doch nicht mit selbst ausgesuchten Farben! Wenn der Vater früher nach Hause kam und zudem die Unverschämtheit beging, eigenmächtig die Farbstifte auszuwählen, musste das früher oder später auffallen. Fiel es Martina ebenfalls auf, die daneben saß und abwechselnd ausmalte, eine Rechenaufgabe in einem der Schulhefte überprüfte, Kaffee trank oder nachschenkte? Ich muss weniger abgelenkt wirken, ermahnte sich Leidegger und spürte in derselben Sekunde, wie das Unterfangen, weniger abgelenkt zu wirken, ihn nur umso mehr ablenkte. Zusätzlich zu den Gedanken, die ihn eigentlich ablenkten, lenkte ihn nun obendrein der Gedanke an das Nicht-abgelenkt-Wirken ab. Gewiss würde er bald den Farbstift verkehrt herum auf dem Papier ansetzen oder sich den Kaffee anstatt in die Gurgel in den Hemdausschnitt hineingießen. Wenn es irgendwo Selbstbeherrschung zu kaufen gäbe, würde er auf der Stelle zuschlagen, und kein Cent wäre vergeudet. Zum Teufel, es musste doch möglich sein, sich vom Abgelenktsein abzulenken! Ausmalen, sagte er sich, einfach ausmalen.

Allmählich spürte er, wie dieses Vorgesagte einigermaßen beruhigend auf ihn wirkte, wie eine Konzentrationsübung.

Er malte aus, was die Tochter zeichnete. Wenn er fertig ausgemalt hatte, zeichnete sie weiter. Das war ein Spiel, das sie oft stundenlang gespielt hatten: Wer war schneller, er mit dem Ausmalen oder sie mit dem Zeichnen? Dazwischen wurde sie immer wieder von Martina nach einer englischen Vokabel gefragt oder aufgefordert, eine Rechnung der Mathematikaufgabe fertigzustellen. Weil ihr das Rechnen und überhaupt das Lernen leichtfielen, erlaubten sie es Selina, nebenbei zu zeichnen. Sie war eine überdurchschnittlich begabte Zeichnerin, und auf eine Art und Weise, die den Eltern nicht erklärlich war, schien das Zeichnen ihr zu besserer Konzentration zu verhelfen. Nur wenn sie zeichnen durfte, gestalteten sich das Lernen und Erledigen der Hausaufgaben ohne Reibungen und sogar unter Einwirkung einer mäßigen Freude, wenn sie, wie meistens, eine Rechnung richtig gelöst oder ein englisches Verb korrekt in den Lückentext eingesetzt hatte. Plötzlich erinnerte sich Leidegger, wie sie vor einem halben Jahr über einen gewissen Zeitraum pausenlos zu Gesprächen in die Schule bestellt worden waren, weil die Tochter auch in der Schule immer weiter gezeichnet und überallhin, auf jede erdenkliche Stelle, ihre Figuren gemalt hatte. Gefühlt einmal die Woche hatten er oder Martina einen Arbeitsvormittag opfern müssen, um die unveränderten Klagen und didaktischen Weisheiten der Lehrerin über sich hinrieseln zu lassen. Daran dachte er in dem Moment, und um weniger abgelenkt zu wirken, sagte er halb zur Tochter, halb zu Martina:

»Wisst ihr noch, wie wir andauernd in die Schule bestellt worden sind, weil du das Zeichnen nicht sein lassen konntest?«

»Wissen wir«, sagte Selina.

»Ich musste nur auf einmal wieder daran denken.«

»Du erzählst das echt oft«, sagte die Tochter und schnaufte gelangweilt. Schwerlippig lächelte er und nickte, weil er befürchtete, sich damit nun verraten zu haben. Im nächsten Moment aber wurde derselbe Gedanke sofort wieder von Leidegger revidiert. Wenn es stimmte, was Selina gesagt hatte, wenn er dieselbe Geschichte schon sehr oft erzählt hatte und alle nur mehr gelangweilt davon waren, musste doch gerade aus dieser Wiederholung nicht eine Auffälligkeit, sondern ganz im Gegenteil eine Unauffälligkeit entstehen, eine Normalität. Sogleich beglückwünschte er sich rückwirkend für diese Taktik, die er gar nicht willentlich angewandt hatte, und es entstand in Leidegger schließlich doch eine Erleichterung, und er wurde ruhiger.

So funktionierte er den ganzen restlichen Nachmittag und Abend. Im Garten bei der Pflanzenbewässerung hätte er schon wieder fröhlich ein Lied pfeifen können, wäre ihm nicht noch rechtzeitig eingefallen, dass er nie vor sich hin pfiff und er überhaupt nicht zu der Sorte pfeifender Menschen gehörte. Nachdem seine Befürchtungen sich als unbegründet herausgestellt hatten, konnte er sich wieder sorglos dem Alltäglichen verschreiben und sich in die Obhut gewohnheitsmäßiger Tätigkeiten begeben. Das Gewohnte und Vertraute nämlich, das ihm Gehörende, waren ihm bedingungslos zugetan und klagten nicht an. Das Rasenmähen, das Gießen, das Pflanzenaufbinden lullten ihn ein in seine Schuldlosigkeit und ermöglichten es ihm, gleichsam einen Tagschlaf der Gerechten zu schlafen. Von seinem Rasen, seinen Pflanzen hatte er nichts zu befürchten. Wie herrlich grün der Rasen heuer wieder geworden war, fast leuchtend, so saftig und dicht, dass man zum Schaf werden mochte. Er genoss es, welche Gelassenheit ihm daraus entstand, mit der Metallgießkanne barfüßig durch den Garten zu schlendern; hier noch nachgießen, dort etwas weniger, dann gemütlich weiter zum nächsten Beet. Für die kleinen Töpfe an der Terrasse entlang schraubte er die Brause auf und lauschte dem sanften Regengeräusch, das beim Auftreffen des Wassers auf den Blättern entstand. Er liebte dieses Geräusch. Er liebte es, weil es so beruhigend auf ihn wirkte. Beim Abendessen konnte er wieder den durchschnittlich glücklichen Ehemann und Familienvater geben, und beim gemeinsamen Kartenspiel vor Selinas Bettzeit ließ er sich mit Genuss in die Pfanne hauen. Als er sich später mit Martina vor den Fernseher setzte, fühlte es sich beinahe an, als wäre nichts vorgefallen.

2

Am nächsten Morgen erwachte Leidegger allein im Bett. Sie hatten verschlafen, und Martina hatte ihn nicht geweckt. Er sah die Uhrzeit auf dem Wecker und erschrak. Es war zwanzig Minuten vor acht, um diese Zeit sollte Selina längst aus dem Haus gegangen und in den Schulbus gestiegen sein. Er hörte ihre Stimmen im Erdgeschoß und sprang aus dem Bett. Er stieg aus der Pyjamahose und beeilte sich nach unten. Mit Ankleiden wollte er sich nicht aufhalten, er ging in der Unterhose. Es gefiel ihm nicht, dass nach den Unregelmäßigkeiten des vergangenen Tages gleich eine neue Auffälligkeit in den jungen Morgen ausgesät wurde. Warum mussten sie ausgerechnet heute verschlafen? Sie verschliefen fast nie. Und falls doch, war immer er es, der Martina und Selina aus den Federn holte. Sogleich belämmerte ihn eine neue Frage auf dem Weg die Treppe hinunter: Warum hatte Martina ihn nicht geweckt? Zu dieser Frage fühlte er sich berechtigt und stellte sie gleich laut in den Raum:

»Warum hast du mich nicht geweckt?«

Wie er es geahnt hatte, wurde die Frage von der allgemeinen Aufregung verschluckt. Auf der vorletzten Treppenstufe stand er wie festgeklebt und beobachtete das aufgeregte Treiben im Wohnzimmer, das anstandslos ohne ihn stattfand. Bei den wenigen Malen, als Selina den Schulbus versäumt hatte, war immer er es gewesen, der sie zur Schule gebracht hatte. Da er derjenige war, der in dieselbe Richtung, in der auch Selinas Schule lag, zur Arbeit fuhr, hielt er es für ausgemacht, sie diesmal ebenfalls hinzubringen. Umso überraschter war er deshalb, als er schon nach oben ins Schlafzimmer zum Kleiderschrank eilen wollte, Martina rufen zu hören: »Ich fahre sie.«

Der Tag hatte noch nicht richtig begonnen, schon wurde Leidegger von Verdrießlichkeiten behelligt. Er kam sich entblößt vor, angreifbar, wie er so dastand, schlafknittrig, vom morgendlichen Schweißfilm verklebt, nur in der Unterhose, und das eigene Heim mit den darin umherhuschenden Insassen überblickte. Die Tochter zog sich im Stehen, halb an die Wand angelehnt, den Schuh über die Ferse, blieb in der Eile mit dem Finger stecken und kippte beinah vornüber, grapschte aber nebenbei schon mit der freien Hand nach dem Schlüsselbund und warf ihn in hohem Bogen in die Schultasche. Unterdessen verstaute Martina hastig Pausenbrote in einer Plastikdose und wollte einen ganzen Apfel hineinzwängen, der jedoch nicht hineinpasste und den sie stattdessen unverpackt in die zum Brechen volle Schultasche hineingrub. Dies alles waren Verrichtungen, die gewohnheitsmäßig von dem Vater Leidegger ausgeführt wurden: Pausenbrote streichen, einen Apfel in Schiffchen spalten und in die Dose packen, einen Keks dazulegen. Hatte Martina den Keks dazugelegt? Nein. Gewiss ahnte sie noch nicht einmal etwas von seinem gewohnheitsmäßigen Keks! All dieses Herumwirtschaften musste er von seinem erhöhten Standpunkt auf der Treppenstufe aus mitansehen, in der Unterhose! Weil Martina ihn nicht geweckt hatte, lief das Ganze vor seinen Augen ab und degradierte ihn zum untätigen Beobachter. Er kam sich vor wie der Witz des Tages. Bestimmt würde er, wenn er an sich hinunterblickte, an dem hellgrauen Unterhosenstoff ein ekliges Muster aus Pisstropfen entdecken oder einen rosinenschrumpeligen Hoden herausbaumeln sehen. Wahrscheinlich würde ihm in der großen Eile von Tochter und Ehefrau nicht einmal zum Abschied ein Kuss appliziert werden. Und wirklich, ein knappes »Tschüss« hörte er, dann nur mehr die Haustür.

Er trat von der letzten Stufe herunter und ging in die Küche zur Kaffeemaschine. Kein Kaffee, stellte er volltönend fest und kehrte der Maschine den Rücken. Sogar die Kaffeemaschine übernahm jetzt eine Rolle in diesem Theater der Alltagsabweichungen und verweigerte die Bereithaltung brauner Flüssigkeit, die zu produzieren ihre einzige Aufgabe war. Die Vorstellung war lächerlich, aber es blieb nicht aus, dass Leidegger in ein Vorwurfsdenken gegen die Maschine geriet. Ein einziges abweichendes Ereignis, ein einziger unerlaubter Besuch einer unerlaubten Frau, und das grausige Abweichungstheater griff bereits auf die unbelebten Gegenstände über. Die Tatsache allein, dass er nur in der Unterhose im Erdgeschoß umherlief, machte diesen unappetitlichen Zustand auf schmähliche Weise zusätzlich fühlbar. Er ließ sich nie in der Unterhose blicken. Er hasste es, wenn Männer in Unterhosen herumliefen. Ein Mann, der heute noch seinem Heim mit einer Unterhosenpeinlichkeit zusetzte, war ein jämmerliches Relikt, ein stecken gebliebener Rest, weshalb es Leidegger in der nächsten Sekunde nur mehr darum zu tun war, schnellstmöglich vor den Kleiderschrank zu gelangen. Keine Sekunde länger wollte er sich in der Unterhose spüren müssen! Wie vom bösen Geist verfolgt, rannte er die Treppe hinauf, riss den Schrank auf und zog an, was ihm als Erstes in die Hände kam. Die Befriedigung war groß, als endlich Kleidungsstücke seine Haut umhüllten, und er kam nicht um die Empfindung herum, zugleich mit der Nacktheit auch alle übrigen Lästigkeiten aus der Welt geschafft zu haben.

Eine Dreiviertelstunde später als gewohnt kam er in der Werkstatt an. Ein Haufen Arbeit wartete auf ihn. Das von gestern Übriggebliebene musste erledigt werden, Rechnungen mussten geschrieben und Kostenvoranschläge aufgesetzt werden, und für vier Klassen einer Volksschule musste er Termine für Einzel- und Gruppenfotos vereinbaren. Zielstrebig ging er zum Arbeitstisch. Während er auf das Hochfahren des Computers wartete, ging er zu dem Spind neben der Brandschutztür, um sich die Arbeitshose anzuziehen. Obwohl sein Beruf keine spezielle Kleidung verlangte, hatte er es sich zur Gewohnheit gemacht, jeden Morgen nach seiner Ankunft in der Werkstatt in eine Arbeitshose mit zahlreichen Taschen zu steigen. Wie es zu diesem Ritual gekommen war, hätte er nicht mehr zu sagen gewusst. Aber es war ihm ein liebes Ritual, weil es ihm in der Einsamkeit und Abgeschiedenheit seiner Arbeitsstätte gleichsam einen zweiten Tagesbeginn einbrachte. Durch das Abstreifen der Freizeithose streifte er symbolisch gewissermaßen zugleich seine Existenz als Ehemann und Familienvater ab und schlüpfte in eine Existenz als Einzelperson und Arbeitsindividuum. Direkt im Anschluss an das Hosenritual vollzog sich ein Ritual, das von Leidegger als Sesselritual klassifiziert wurde. Er ließ sich aus der Kapselmaschine einen Espresso herunter, holte aus dem Safe das darin versteckte Päckchen Zigaretten und ließ sich in dem tiefen Ohrensessel nieder. Der Sessel stammte noch vom Erstbesitzer der Werkstatt, ein wuchtiges Ungetüm in vergilbtem Schmutzbraun, weich, uralt und auf eine Weise verschlissen und besitzübergreifend verdreckt, dass andere Gesäße höchstwahrscheinlich davor zurückschreckten, aber Leidegger liebte diesen Sessel. Er rauchte fünf Zigaretten am Tag, die meisten davon in diesem Sessel. Schon oft hatte er sich vorgestellt, wie draußen vor der Tür der Weltenbrand herrschte, wie alles in Schutt und Asche gelegt wurde, während er noch im Sessel saß, am schwarzen Kaffee nippte, die Zigarette dazu rauchte und erst danach anfing, sich Sorgen zu machen. Mit dem untröstlichen Seufzen eines Beamten, der nach stundenlangem gähnenden Nichtstun wieder mit einem Bittsteller konfrontiert wird, würde er sich träge aus dem Sessel herausschrauben und sagen: »So, was gibt es denn?«, und sich dem aktuellen

Geschehen zuwenden, was auch immer es sein mochte. Diesen Zustand einer universalen Sorglosigkeit genoss er auch heute, bis ihm die nächste Unregelmäßigkeit zustieß: Er fand sein Telefon nicht.

Er tastete alle Hosentaschen ab, fand es nicht. Er lief zu der Kommode neben der Brandschutztür und fand es nicht. Er durchsuchte den Spind, die Schubladen, den Safe, kroch am Fußboden herum. Er durchwühlte die Untiefen der Sesselpolsterung in der Hoffnung, es könne ihm aus der Hosentasche geglitten und von den schlabbernden Innereien dieses Möbelstücks verschluckt worden sein, aber das Handy blieb unauffindbar. Als es offensichtlich wurde, dass er es bloß in der morgendlichen Verstörung mitzunehmen vergessen hatte, verließ er ohne Umschweife die Werkstatt. Er ging noch einmal zurück, um das »Komme gleich«-Schild an die Eingangstür zu heften. Er suchte zunächst noch im Auto, fand es nicht, und fuhr die kurze Strecke nach Hause zurück, um es zu holen. Martina schickte ihm tagsüber manchmal Nachrichten, auf die er meist umgehend antwortete, und ihm behagte die Vorstellung nicht, ausgerechnet heute eine Nachricht von seiner Frau unbeantwortet zu lassen. Wenn er Glück hatte, schrieb sie ihm nicht. Aber hatte sich sein Alltag letzthin durch besonderes Glück ausgezeichnet? Er vergaß nie sein Telefon! Er konnte nicht fassen, wie eins ins andere griff, wie ein Ereignis schon das nächste nach sich zog. Alles, was schiefgehen kann, geht schief, schien das neue Motto zu lauten. Ein richtiges Menü war das, was auf seinem Speiseplan stand, und er bekam gerade die bitteren Vorspeisen serviert. Und am Ende, als Höhepunkt, durfte er sich auf das große, fette, magenverstimmende Hauptgericht freuen, das gerade auf kleiner Flamme exklusiv für ihn zubereitet wurde. Die Frage war nicht mehr, ob, sondern wann ihm der nächste Gang gereicht wurde und welche überraschenden Zutaten er enthielt.

Die Antwort erfolgte, als Leidegger in die schmale Gasse in Richtung des Hauses einbog und er Martinas Wagen vor dem Grundstück parken sah. Was war das denn nun wieder? Wieso war sie nicht in der Arbeit? Er ging hinein und traf sie in der Küche. Sie hatte ein Glas Saft in der Hand und trank im Stehen. Auf der Ablage sah er zwei Telefone liegen. Daneben ihre Handtasche, die sie offenbar in der morgendlichen Eile ebenfalls vergessen oder gar nicht erst mitgenommen hatte. Es schien, als habe sie nicht vorgehabt, direkt in die Arbeit zu fahren, nachdem sie Selina in der Schule abgeliefert hatte, sondern, da es ohnehin auf dem Weg lag, vorher noch kurz daheim vorbeizufahren.

»Ich nehme an, du kommst wegen dem hier?«, sagte sie und hielt ihm sein Telefon hin. Er beglotzte es vorwurfsvoll, nickte und ließ es in die Hosentasche gleiten.

»Was ist das für eine Hose?«, fragte sie und starrte seine Beine an, als habe sie etwas daran erblickt, das jeden vernunftbegabten Menschen in Staunen versetzen musste. Von Martinas Blick angesteckt, sah Leidegger nun gleichfalls an sich hinunter, wie um mit eigenen Augen zu prüfen, was für ein interessantes Kleidungsstück ohne Martinas Wissen seine Beine in Beschlag genommen hatte.

»Hast du schon gearbeitet?«

»Ja.«

»Hast du die immer an, wenn du arbeitest?«

»Ja.«

»Ziehst du dich in der Werkstatt um?«

»Ja.«

»Jeden Tag?«

»Ja.«

Ein Moment des Schweigens trat ein, in dem Leidegger sich in einer Weise beglotzt sah, dass ihn ein grässliches Jucken befiel. Von den Knöcheln bis zur Arschspalte juckte es ihn, und es wurde ihm plötzlich erinnerlich, wie er einmal gegen Ende seiner Jugendjahre ein gebrochenes Bein gehabt hatte, das in einem Gipsverband steckte, und wie er aus kitzelnder Verzweiflung mit einer Gabel rücksichtlos unter dem Gips gegen die eigene Wadenhaut vorgegangen war und sich so schonungslos gekratzt hatte, dass nach Herausführen des Essbestecks aus dem Gipsverband die Zinken blutrot verschmiert zum Vorschein gekommen waren.

»Wie lange machst du das schon?«, fragte Martina.

»Ich weiß nicht, lange«, antwortete er.

»Wäschst du sie nie?«

»Doch.«

»Wie?«

»Es gibt doch die alte Spüle in der Werkstatt.«

»Die Spüle?«

Er nickte. Sie sah ihn an.

»Du bräuchtest sie nur zum Waschen mit nach Hause nehmen.«

»Ich weiß«, sagte er.

»Warum nimmst du sie nicht zum Waschen nach Hause?«

»Keine Ahnung!«, rief er. »Vermutlich, weil sie sauber genug wird. Ich muss jetzt wieder los, ich habe das Schild an die Tür gehängt.«

Er beeilte sich, von ihr wegzukommen. Ohne ein Wort der Verabschiedung drehte er sich um und ging zum Auto. Während er über den Rückspiegel Martinas Wagen beim Zusammenschrumpfen zusah, fiel die Absurdität über ihn her. Die Hose, dachte er und konnte nicht begreifen, was für eine absonderliche Szene sich soeben aufgrund dieser Hose abgespielt hatte. Nie hatte er nur im Entferntesten daran gedacht, die Arbeitshose mit in das eigene Haus zu nehmen. Es war eine Arbeitshose, und auch wenn er bei der Arbeit einer solchen Hose nicht bedurfte, dieses Ritual also ein zweckfreies Ritual war, so war und blieb es doch eine Arbeitshose und gehörte zu seiner Arbeit und damit an seine Arbeitsstätte. Dies war ein Gedankengang, der Leidegger grundlogisch erschien und überdies völlig harmlos, und es waren ihm die Benutzung, Aufbewahrung, Reinigung und überhaupt sein ganzes Verfahren mit dieser Hose in keiner Weise bedenklich erschienen. Was Martina an dieser Sache verstörte, war wohl indessen nicht das Kleidungsstück selbst, als vielmehr die Tatsache, dass die Hose außerhalb ihrer Wirklichkeit existierte und ein über Jahre hinweg praktizierter Kleiderwechsel stattfinden hatte können, ohne von ihr bemerkt zu werden. Ja, dass die bloße Existenz dieses Kleidungsstücks vor ihr hatte geheim gehalten werden können. Dies ahnte Leidegger, und auf eine Weise konnte er ihre Befremdung nachempfinden. Aber Gott bewahre, es war eine Hose! Wenn eine unschuldige Hose ihr schon eine solche Bestürzung abrang, womit war dann erst zu rechnen bei einem echten Geheimnis, einem Geheimnis sozusagen aus Fleisch und Blut?

Schon überlegte er, welche Wirkung es hätte, wenn er heute nach der Arbeit überraschend in der Arbeitshose heimkehrte, erst zu Hause das Umziehen vollzöge und die Hose demonstrativ vor Martinas Augen in den Wäschekorb fallen ließe. Absurderweise fühlte sich Leidegger bezüglich der Hose plötzlich schuldiger als wegen des Ehebruchs, und es rang ihm ein albernes Grinsen ab, als er sich vorstellte, wie er in Martinas Beisein die mit unsinniger Bedeutung aufgeladene Hose zwischen zwei Fingern über dem Wäschekorb baumeln und sie anschließend hineinplumpsen ließe. Er würde nichts sagen, nur die Hose zu der übrigen Wäsche hineinfallen lassen, dann davongehen. Aber natürlich würde er das nicht tun. Trotzdem war es eine beruhigende, fast glücklich machende Fantasie, sich auszumalen, wie zusammen mit der Hose auch jede andere Schuld in der häuslichen Waschmaschine reingewaschen würde.

Nun schon zum zweiten Mal an diesem Morgen betrat Leidegger die Werkstatt und ermahnte sich zum Tatendrang. Zahlreiche E-Mails waren auf seine Firmenadresse eingegangen, und er las sie in Ruhe der Reihe nach durch. Wie immer formulierte er schon während des Lesens mögliche Antworten, überlegte sich Termine und Treffpunkte für Kunden, die Fotoaufnahmen im Freien oder an sonst einem anderen Ort wünschten. Auf einem Notizzettel schrieb er alle Terminvorschläge in eine Liste, setzte Fragezeichen daneben, die er später, sobald die Termine bestätigt waren, durchstrich und stattdessen ein Häkchen daneben setzte. Alle mit einem Häkchen versehenen Termine trug er dann einmal in seinen Taschenkalender, ein weiteres Mal in den digitalen auf dem Computer und ein letztes Mal auf seinem Handy-Kalender ein. Diese dreifache Versicherung hatte er sich zur Regel gemacht, seit er einmal irrtümlich Termine miteinander verwechselt und drei Kunden versetzt hatte, weil er abwechselnd zur richtigen Zeit am falschen Ort und zur falschen Zeit am richtigen Ort erschienen war. Einer der betroffenen Kunden war ihm dadurch sogar verloren gegangen, weshalb Leidegger sich geschworen hatte, solchen Irrtümern für alle Zeit vorzubeugen und niemals wieder eine Kundschaft durch organisatorische Ungenauigkeit einzubüßen. Diesen Schwur nahm er sehr ernst. Daraus ergab sich ein hoher logistischer Aufwand, da er auch sämtliche anderen Kundendaten dreifach absicherte. Neben der Notizzettelliste mit Terminen legte er für jeden Kunden einen Zettel an, vermerkte Namen, Telefonnummer, E-Mail-Adresse und heftete ihn an eine große Pinnwand über dem Arbeitstisch. Dieselben Daten trug er in eine dafür angelegte Tabelle auf dem Computer ein und aktualisierte sie anschließend auf dem Telefon. Dies bescherte Leidegger eine

Menge Büroarbeit, jedoch konnte er mit Stolz von sich behaupten, seit diesem einen Verwechslungsvorfall nie wieder einen Kunden versetzt oder gar verloren zu haben.

Diese stumpf katalogisierende Routine gelang ihm nun wieder ohne besondere Vorkommnisse. Er schrieb, trug ein, hakte ab, legte Pausen ein, schrieb weiter. Diese Arbeit befriedigte ihn wenig, und zuweilen kam er sich vor wie der Versicherungsangestellte in dem Großraumbüro, in dem er früher viele Jahre lang beschäftigt gewesen war. Natürlich bestand der große Vorteil der Selbstständigkeit darin, keiner Führungsperson mehr unterstellt zu sein, vor der er gegebenenfalls Rechenschaft ablegen musste. Dieser Gedanke entschädigte ihn, wenn die monotone Administrationsarbeit überhandnahm. Sich nur vor sich selbst rechtfertigen zu müssen war allerdings auch keine geringe Kunst für jemanden, der gewohnheitsmäßig härter als alle anderen mit sich ins Gericht ging, und es gab Augenblicke, in denen es ihm selbst unergründlich war, wie er zu seiner neuen Beschäftigung gekommen war. Der alte Fotograf, der das Studio vor ihm betrieben hatte, war auf der Suche nach einem Nachfolger gewesen, und da Leidegger als Jugendlicher gerne und viel fotografiert hatte und sogar ein Zertifikat vorweisen konnte, hatte er sich aus einem Impuls heraus, wenn auch ohne große Erwartungen, auf die Annonce gemeldet. Er hätte damals fast alles getan, um nicht länger für diese Versicherung arbeiten zu müssen. Der jahrelange kalkulierende Stumpfsinn hatte ihm die Lust am Fotografieren beinahe vollständig ausgetrieben, sodass ihn bis auf das Monatsabo einer Fotozeitschrift kaum mehr etwas mit seiner früheren Leidenschaft verband. Woher er den Mut dazu genommen hatte, das Geschäft tatsächlich fortzuführen, verblüffte ihn heute noch manchmal.

Um zehn Uhr kam eine Kundin mit ihrer sechsjährigen Tochter vorbei, um Porträtfotos machen zu lassen, für sich selbst und für die Tochter, für die sie einen Reisepass ausstellen lassen wollte. Leidegger arbeitete nicht selten mit Kindern, und es machte ihm Freude. Egal ob Mädchen oder Junge, immer stellte er sich Selina in dem jeweiligen Kind vor, mit dem er gerade zu tun hatte, eine Methode, mit der er bislang immer gut gefahren war; die Kinder mochten ihn, und dementsprechend problemlos verlief das Fotografieren. Um Viertel vor zwölf läutete ein Kunde, der anlässlich der Jubiläumsausgabe der Vereinszeitung des Sportschützenvereins, bei dem er als Vorstand tätig war, für die kommende Woche einen Abendtermin für Einzelfotos von den Mitgliedern sowie des Vereinslokals vereinbaren wollte. Leidegger kannte den Mann von früher, da er auch Gemeinderat bei einer regionalen Partei war; von der Partei hatte er für den Wahlkampf letzten Jahres einen größeren Auftrag erhalten. Leidegger bot ihm Kaffee und ein Wasser an.

Als er gegangen war, verfasste Leidegger noch eine Einkaufsliste, weil er Druckerfarbe, verschiedene Sorten Papier, Datenträger und anderes mehr nachbestellen musste. Da er der einzige Fotograf im Umkreis war, kamen vormittags fast täglich Kunden bei ihm vorbei, um Porträtfotos für Reisepässe und andere Dokumente anfertigen zu lassen oder wegen Veranstaltungen bei ihm anzufragen. Am Wochenende stand wieder eine Hochzeit an, und in der Woche darauf hatte er ungewohnt viele Vormittagstermine. Im Grunde also fügte es sich gut, dass er einen Großteil der organisatorischen Tätigkeiten schon heute hatte erledigen können. Nachdem er dies alles hinter sich gebracht hatte, wollte er daran gehen, den für dieses Jahr noch ausständigen Termin mit der örtlichen Schule zu fixieren. Die Nummer der Schuladministration hatte er schon ins Telefon eingetippt, hatte es mehrmals in die Hand genommen und an sein Ohr herangeführt, nur um es gleich darauf wieder zur Seite zu legen. Dieser Anruf hatte für Leidegger nämlich nichts Routinemäßiges an sich, obwohl er auf eine Art inzwischen auch schon Routine geworden war, aber eine überaus lästige. Er würde erklären, verhandeln, diskutieren, Überzeugungsarbeit leisten müssen, und ihm fehlte jede Lust, mit der alten, ausrangierten Lehrerin, die nicht mehr ins Klassenzimmer gelassen, aber aus vermutlich humanitären Gründen anstatt in den Ruhestand in die Verwaltung abgeschoben worden war, mühsam einen Fototermin auszuhandeln. Der Kostenvoranschlag war bereits abgesegnet, die Schule bezahlte ihn wie jedes Jahr großzügig aus der Gemeindekasse. Doch mit der alten Frau einen Termin auszumachen, bei dem mehrere Klassen an ein und demselben Tag für Einzel- und Gruppenfotos im Schulhof oder, bei Schlechtwetter, im Turnsaal antreten sollten, hatte sich noch jedes Jahr zu einem Kampf gegen Windmühlen ausgewachsen. Es genügte, wenn er das Bild der kleinwüchsigen Alten vor sich heraufbeschwor, das feiste Gesicht, die Blumenröcke mit den unten herauswachsenden Elefantenbeinen, die beigefarbenen Gesundheitsschuhe, aus denen in durchscheinenden Stützstrümpfen die frostbeuligen Zehen herauskrochen, dass ihm die Stimme versagte, noch ehe er sie überhaupt in Gebrauch nahm. Auch mit vielen anderen Schulen in der Umgebung hatte er Termine, aber bei keiner anderen sah er sich mit derartigen Herausforderungen konfrontiert. Morgen, sagte er sich und legte, einer lästigen Bürde vorerst entronnen, ein letztes Mal das Telefon auf dem Schreibtisch ab. Erstaunlich, wie viel Gutes, wie viel Erlösendes in dem Wort steckte: morgen. Womöglich hatte er ja sogar Glück und es erwartete ihn eine neue Stimme am anderen Ende der Leitung, weil die Frau inzwischen doch im Ruhestand war.

Aber noch aus einem anderen Grund stellte sich für Leidegger der ausstehende Anruf als etwas aktuell Undurchführbares dar, denn er spürte, wie etwas sich in seiner Hose regte:

Plötzlich war das Bild der alten Lehrerin wie eine ranzige Seifenblase zerplatzt und durch ein Bild Kamillas ersetzt worden, und er spürte eine neue Form der Erregung. Er hatte im Raum umhergeblickt, und irgendetwas musste ihn an die gestrige Begegnung erinnert haben. Er sah Kamilla vor sich, aber nicht in den schon gewohnten Situationen, in denen er sexuellen Umgang mit ihr pflegte, in ihrem Bett, auf dem Sofa oder sonst wo bei ihr zu Hause, sondern hier in der Werkstatt. Jede Einzelheit ihres unangekündigten Besuchs stand ihm in einer Klarheit vor Augen, die ihn erschreckte. Wie eine Fotografie, dachte er. Denn er sah es nicht wie durch einen Filter oder eine Art Schleier, wie sie zur Darstellung von etwas Vergangenem gern genutzt wurden, einer »schwammigen Erinnerung«, sondern wie ein hochauflösendes Foto. So kurz die Begegnung auch gedauert hatte, in seinem Kopf war sie gespeichert wie in einem Ordner auf seinem Computer. Anstatt seinem Wunsch nach Vergessen, nach Verdrängen zu entsprechen, hatte ihm das Gehirn wieder einmal schamlos zuwidergehandelt und präsentierte ihm stolz, zu welcher famosen Gedächtnisleistung es fähig war: wie sie dagestanden war und mit einer Selbstverständlichkeit, die beinahe bewundernswert war, ihren Regelbruch ausgeführt hatte, wie sie die Augen leicht gesenkt hatte, während ihr eine Haarsträhne ins Gesicht fiel, die sie jedoch nicht zurückstrich, auf der anderen Seite das leicht spitze, leicht abstehende Ohr, das Lederband um ihren Hals, der Schlangenanhänger, der in dem künstlichen Licht vor ihrem Brustbein funkelte. Dann noch der Anblick ihres Blusenausschnitts, der ihm gestern schon zu schaffen gemacht hatte, ihre Haut, die Andeutung ihrer Rundungen. Das alles sah er, und die Zerrissenheit zwischen Erregung und Ärger brachte ihn fast um den Verstand.

Um die Mittagszeit würde er zu Kamilla aufbrechen. Darin allein lag freilich nichts Neues, das tat er seit Monaten mehrmals die Woche. Das Neuartige zeigte sich darin, dass die Erregung fast ausschließlich aus einer Aggressivität heraus bewirkt wurde. Der Ärger über Kamillas Besuch löste Aggressivität aus, die Aggressivität Erregung, und alles zusammen trieb sein kitzelndes Unwesen in ihm. Am liebsten hätte er sich eine Raspel über die Haut gezogen oder den Hosenschlitz geöffnet, um sich Abhilfe zu schaffen. So konnte kein normaler Mensch arbeiten! Zwar war die Verbindung von Aggression und Sexualität menschheitsgeschichtlich betrachtet alles andere als neu, doch das fiel für Leidegger nicht ins Gewicht, denn für ihn war sie es. Und er war entschlossen, dieses Neue ungehemmt auszuleben. Wie ein Eindringling, so stellte er sich vor, würde er halb im Spiel, halb im Ernst, über Kamilla herfallen. Genauso, wie sie bei ihm Eindringling gewesen war, würde er heute bei ihr Eindringling werden. Er würde nicht warten, bis sie die Eingangstür ganz für ihn aufgezogen hätte, sondern durch den Türspalt hinein hart nach ihr fassen. Kein Geplänkel, kein süßes Gesäusel würde es heute geben, nur attackierende Direktheit. Rücksichtslos und unanständig würde er durch den Türspalt in das Hausinnere eindringen und am liebsten nahtlos gleich in Kamilla. Sogleich spürte er, wie er, obwohl das kaum möglich war, noch erregter wurde, und beim Blick auf das Telefon, das mit der noch eingetippten Nummer der Schuladministration auf ihn wartete, gelang ihm nur mehr ein abfälliges Grunzen. Unmöglich, in dieser Erregung ein Gespräch mit der alten Lehrerin zu führen, aus deren Runzelstimme er jedes Mal das fahle Leichengesicht heraushörte, im Hintergrund das aufgeregte Grölen von Kindern und Jugendlichen, die auf dem Schulhof oder auf den Gängen herumtobten, Lehrerstimmen, die ermahnend dazwischenriefen, dazu vielleicht noch die Schulglocke, ein Schrecken aus der Vergangenheit, ein Geräusch, bei dem sich ihm generell die Haare widerlich zu Berge stellten. Nein, das mit dem Anruf musste warten.

Auch sonst wollte ihm das Arbeiten kaum mehr gelingen. Immerhin hatte er heute bereits viel geschafft, und nachdem es ihm noch geglückt war, zwei Datenträger fertigzustellen und die restlichen Porträtmappen zusammen mit einer Zahlungsanweisung in ein gepolstertes Kuvert zu packen, erhob er sich schnaufend aus dem Bürostuhl. Ungefähr die dreifache Menge an Kaffee hatte er getrunken und mehr Zigaretten als sonst geraucht, sodass er schon einen leisen Kopfschmerz heraufziehen spürte.

Um eine Veranlassung zu haben, die Zeit bis zu seinem Aufbruch zu Kamilla nicht länger in dieser ausufernden Erregung zubringen zu müssen, beschloss er, nicht wie üblich mittwochs mit den gesammelten Kuverts auf die Post zu fahren, sondern alles Fertiggestellte jetzt gleich zusammenzusammeln und es am selben Tag aufzugeben. Er speicherte alles Eingetragene ab, fuhr den Computer herunter und brachte die Kaffeetasse zur Spüle. Aus dem Ablagestapel suchte er die drei schon bereitliegenden Umschläge und nahm sie zusammen mit den schon fertigen unter den Arm. Wie immer kam er sich dabei überaus geschäftsmäßig vor. Er mochte es, auf die Post zu gehen. Anstatt die Umschläge, was gewiss praktischer wäre, in einer Tragetasche zu transportieren, trug er stets sämtliche Arbeiten streng unter dem Arm, gut sichtbar für alle, die sich zum jeweiligen Zeitpunkt in der Poststelle aufhielten. Immer spielte er kindisch mit der Vorstellung, in diesen Umschlägen befänden sich keine Fotografien, Fotokalender, Klebeporträtfotos, Datenträger und Rechnungskopien, sondern geheime Dokumente von politischer Sprengkraft. Woher diese Einbildung rührte, wusste er nicht, er entsann sich nicht, als Kind mit auffallender Häufigkeit Rollenspiele als hochrangiger Diplomat, Privatdetektiv, Untergrundaktivist, Geheimagent oder dergleichen gespielt zu haben, doch der erwachsene Leidegger empfand eine fast närrische Freude an diesem Spiel. Die Arbeitshose!, fiel es ihm noch rechtzeitig ein. Vergaß er neuerdings auch schon den Rollenwechsel mit Arbeitshose? In einer Arbeitshose brisante Geheimdokumente zur Post tragen – undenkbar.

Rasch zog er sich um und verließ die Werkstatt. Wie meistens musste er hinter dem Postschalter lange anstehen, weil um diese Uhrzeit hauptsächlich pensionierte Frauen und Männer mühsam in ihrer Halbblindheit Kleingeld aus ihren Börsen zusammensuchten oder Arbeitslose sich das Geld ihrer staatlichen Mindestsicherung auszahlen ließen, das von den Angestellten am Schalter akribisch auf den Cent genau abgezählt werden musste. Aber das störte Leidegger nicht, er lag gut in der Zeit. Da ohnehin alles durcheinandergeraten war, störte ihn auch das Wartenmüssen nicht mehr, und er nutzte die langen Minuten, um sich im Geiste bilderreich auf die attackierende Begegnung mit Kamilla vorzubereiten.

3

Er brauchte nur einmal zu klingen, bis sie an die Tür ging. Sie war eben erst zu Hause eingetroffen und hatte noch Schuhe an. Genau wie er es vor sich gesehen hatte, gelang es Leidegger, seinen vorgetäuschten Angriff in die Tat umzusetzen. Mit der rechten Hand presste er die Tür auf, die leicht gegen Kamillas Knie stieß, mit der anderen fasste er sie am Oberarm. Er zwängte sich durch den Türspalt, drückte mit seinem Körper ihren Körper weiter ins Hausinnere, sodass sie fast stolperte, zog sie am Arm wieder zu sich heran und umklammerte sie. Er keuchte und grunzte vor Erregung. Er hätte es kaum für möglich gehalten, was für eine brünstige Lustempfindung daraus erwachsen konnte, sich gewaltsam Einlass zu verschaffen in ein Haus, in das einem der Zugang ohnehin nicht verwehrt war. Noch besser: in dem man sogar erwartet wurde. Er ließ diese Lust mit Freuden in sich einsickern und genoss die Leichtigkeit, mit der ihm alles von der Hand ging. Insgesamt gestaltete sich seine spielerische Attacke zu hundert Prozent wunschgemäß, exakt nach seiner Vorstellung, wie nach Drehbuch. Mit der Ferse schlug er die Tür hinter sich zu, hielt Kamilla dabei immer noch fest umklammert, trippelte schnaufend in Richtung Küche, wo sie sich überrascht, aber empfangsbereit auf die Arbeitsfläche emporhieven ließ.

Auch der Rest der erotischen Betätigung glückte ihnen spielend. Kein Glas ging zu Bruch, nichts wurde umgestoßen, kein Knieanschlagen an einem der Schrankknäufe, kein Schädelkontakt mit der Hängelampe. Wie einfach das ging, wie planmäßig alles klappte. Dazu noch mit echter Erregung! Bemerkenswert, wie etwas im Geiste Vorbereitetes sich so umstandslos in die Wirklichkeit überführen ließ. Nicht zu glauben, dachte er. In sämtlichen anderen Bereichen seiner Existenz als Ehebrecher schien ihn jüngst das Pech zu verfolgen, doch gerade der eigentliche Geschlechtsakt vollzog sich ohne Pannen und Peinlichkeiten. Unglaublich, dachte er in einem fort. Den ganzen Liebesakt, die ganze drehbuchartige Szene hindurch konnte er es nicht glauben und rechnete nur mehr damit, dass beim hasenhaften Hineinrammeln ein Hoden zerquetscht würde, ein Schamhaar die empfindliche Eichelhaut blutig schnitt oder ein Penisbruch die Sache beendete. Ein Sexunfall als Entlarvung der Affäre, nur daran konnte er ernsthaft glauben. Mit etwas Geringerem als einem Penisbruch mochte er sich gar nicht mehr zufriedengeben! Wie vorfallsfrei dennoch alles ablief und obendrein in wechselseitiger ehrlicher Geschlechtslust, schien Leidegger lächerlich absurd.

Als es vorbei war, setzten sie sich an den Esstisch und aßen eine Kleinigkeit. Fast ebenso schweigend wie vorher saßen sie einander jetzt gegenüber, nackt, wie es ihnen zur Gewohnheit geworden war. Ungewöhnlicherweise hatten sie sich erst danach entkleidet, aber entkleidet hatten sie sich dennoch. Diese Nacktheit war etwas, das er nur mit Kamilla teilte, und er wollte darauf nicht verzichten. So aßen sie und blickten einander an, wortlos lächelnd wie zwei verwegene Jugendliche, die etwas Verbotenes taten und nun eine weitere Schwelle überschritten hatten. Er hatte sich Echtheit erhofft und sie bekommen. Mehr noch: Vom ersten Moment an hatte er gefühlt, wie sehr Kamilla dieses von tief drinnen aus ihm Herausdringende schätzte, sich davon anstecken ließ, wie es von ihm auf sie übersprang. Etwas, mit dem sie davor noch keine Bekanntschaft gemacht hatte, war in ihm freigeworden und hatte sie überrascht, genau wie ihn selbst. Jetzt saßen sie da, ließen ihre Haut trocknen, und gemeinsam genossen sie still das erschöpfte Danach. Es war dies ein Zustand, den Leidegger gleichzeitig liebte und hasste. Er liebte es, etwas Besonderes erlebt zu haben, und hasste es zugleich, weil er wusste, es würde sich nicht wiederholen. Diese Echtheit war einmalig, aber auch schon wieder vergangen, und er empfand ehrliche Traurigkeit, weil jeder zukünftige Versuch, dasselbe noch einmal zu erleben, nichts als eine billige Reproduktion wäre. Es gleich morgen noch einmal auf dieselbe Weise zu tun, gefiel ihm nicht einmal als Idee. Auch morgen oder übermorgen nicht oder in einer Woche, weil es die heilige Einmaligkeit, nun ja, eben nur einmal geben konnte. Er war kein Mensch der Extreme, konnte aber nachvollziehen, warum manche das Extreme suchten: weil sie wie Kinder vor dem Weihnachtsbaum das Verblassen der Vorfreude und Freude nicht akzeptieren wollten. Weil sie die Wiederholung nicht ertrugen. Gehörte er auch zu dieser Sorte? War er inzwischen auch so jemand geworden? Wenn ja, warum liebte er dann immer noch seine Rituale? Wenn er das Wiederholte nicht aushielt, warum galt dasselbe dann nicht für den Sessel, den er fünfmal die Woche in der Werkstatt wie einen zu groß geratenen Schalter mit seinem Hintern betätigte? Diese Frage zu erörtern, verbot er sich. Am Ende würde er es noch zustande bringen, sich durch zu intensives Nachdenken selbst die Freude an seinem Sessel auszutreiben.

Noch immer hatten beide nichts gesagt. Zwar würden sie trotz allem demnächst auch miteinander reden müssen, aber einen kurzen Moment noch wollte er die Besonderheit dieses verständigen Schweigens auskosten. Und damit zugleich das Gefühl, die Vorstellung, den verschwiegenen Wunsch des ganz anderen Lebens: Es hätte alles auch ganz anders eintreten können. Hätten die Dinge sich nur ein wenig anders entwickelt, wäre das Hier und Jetzt nicht die Ausnahme, sondern die Regel. Ein Leben mit Kamilla, das führte er in diesen kurzen Momenten, und er war glücklich darin. Diese Momente saugte er auf, ohne jedoch dieses andere ernsthaft herbeizusehnen. Um nicht zu riskieren, darüber verrückt zu werden, verweilte er nie lange in diesem Gefühl, das wie ein schlafendes Monster nur darauf wartete, sich zu erheben und seinen tödlichen Schatten zu werfen. Er mochte sein Leben, wie es war, trotz allem. Er mochte es, weil er wusste, er war nicht unglücklicher als die meisten anderen. Trotzdem genoss er das Bewusstsein, wie richtig – richtig! – es sich anfühlte, mit Kamilla hier zu sitzen.

Alles, ja, alles fühlte sich richtig an bis zu dem Zeitpunkt, als sie sich endlich anziehen wollten, die heruntergerissenen Kleidungsstücke aufzulesen begannen und Kamilla plötzlich »Meine Bluse!« ausrief. Eine Naht war gerissen, das konnte Leidegger sehen. Ein Loch, ein ovales Loch seitlich auf der Höhe ihrer Brust, durch das sie demonstrativ einen winkenden Finger hindurchstreckte. Selbstverständlich war ihm nicht daran gelegen, Kleidung zu zerstören. Die Art und Weise jedoch, in der Kamilla über das Kaputtgehen eines empfindungslosen, austauschbaren Stück Stoffs aus der Fassung geriet, empfand Leidegger als schwer aushaltbar. Als habe nicht ein gekaufter, gegen einen Geldwert eingetauschter Gegenstand Schaden genommen, sondern als sei sie selbst, am eigenen Körper, durch seine aggressive Lust verwundet worden. Sofort fühlte er, wie alles Geschehene, alles Schöne und Lustvolle, durch diese Anklage vernichtet zu werden drohte. Denn es war für Leidegger in diesem Moment keine andere Einschätzung der Dinge ersichtlich, als dass der Wert eines Kleidungsstücks zu dem Wert der kürzlich stattgefundenen Körperlichkeit in Relation gebracht wurde. Wie aufmunternd, wenn man in seiner emotionalen Bedeutung mit einer Bluse verglichen wurde! Während er selbst in der fortdauernden Gefahr lebte, Familie und Besitz zu verlieren, war sie nicht einmal bereit, eine Bluse zu opfern! Sofort überfiel ihn wieder das leidige Jucken. Die Kränkung war so groß, dass er für eine Sekunde erwog, sein eigenes Hemd in Fetzen zu reißen. Selbstverständlich kam er von dem Gedanken gleich wieder ab, weil ihm keine sinnvolle Lösung dafür einfiel, wie er beim Nachhausekommen Martina ein zerrissenes Hemd erklären sollte. Nein, er würde es irgendwo auf dem Rückweg loswerden und sich ein neues beschaffen müssen, in einem Kaufhaus, denn in seinem Werkstattspind war nur die Hose. Dann jedoch würde vor Martina wiederum der spontane Kauf eines neuen Hemds gerechtfertigt werden müssen unter Angaben von Gründen für das Verschwinden des alten, und sofort wäre der Lüge Tür und Tor geöffnet. Noch immer bangte Leidegger vor einer ersten Lüge sehr viel mehr als vor allem anderen, und der folgerichtige Schluss konnte nur lauten, in seiner Lage könne das Zerreißen eines Hemds nur schwer in ein vernünftiges Verhältnis gebracht werden zu dem Aufwand, den dieses Zerreißen zur Folge hätte.

Zur Beruhigung seiner Gemütsverfassung trug auch nicht bei, dass ihn bereits eine neue Auffälligkeit attackierte: Vor der breiten Fensterfront waren die Vorhänge nicht zugezogen! Da sie ihre gemeinsame Zeit stets nackt verbachten, mussten, selbstverständlich, die Vorhänge zugezogen sein. »Warum sind die Vorhänge nicht zu!«, hätte er um ein Haar gerufen, hätte er sich nicht rechtzeitig darauf besonnen, wer allein dafür verantwortlich war, nämlich er selbst. Wie anstandslos alles nach Drehbuch verlaufen war – aber warum zum Teufel stand in diesem Drehbuch nichts über das Zuziehen der Vorhänge! Obwohl, es stand vermutlich darin, nur hatte er wieder einmal das Kleingedruckte nicht gelesen. Warum hatte es niemand der Mühe wert gefunden ihm mitzuteilen, dass der Alltag eines Affärenbetreibers irgendwann nur mehr aus Kleingedrucktem bestand! Jetzt durfte er sich dazu beglückwünschen, nackt an die Fensterfront herantreten zu müssen, um, besser spät als nie, die Vorhänge zuzuziehen. Prompt entdeckte er eine Nachbarin auf der Terrasse gegenüber. An ihrem Ohr hielt sie ein Telefon, in das sie müde hineinsprach. Leidegger sah die Frau deutlich, und sofern diese Person nicht ernstlich mit Blindheit geschlagen war, musste auch er von ihr deutlich gesehen werden. Wie lange stand sie da schon? Hatte sie alles gesehen, wirklich alles? Ihr Kopf war gesenkt und sie sprach scheinbar ungerührt in das Telefon, doch während sie sprach, das war unzweifelhaft zu erkennen, waren ihre Augen in seine Richtung gewandt. Es war dies kein Starren, Glotzen, Gaffen, sondern ein verstohlenes Schielen zu ihm hin, was die Sache nicht besser machte, eher schlechter. Wer offen gafft, führt nichts im Schilde. In Acht nehmen musste man sich vor den verklemmten Beobachtern. »Ein Pimmel, ein Pimmel!«, hätte er am liebsten grölen mögen und das schlaff baumelnde, madenartige Glied vor der Fensterfront lustig tanzen lassen. Das Hirn wurde ihm schon wieder weich vor all diesen Zustößigkeiten. Rasch zog er die Vorhänge zu. Dass er sie nun eigentlich nicht mehr hätte zuzuziehen brauchen, sondern es weniger auffällig gewesen wäre, sie gleich offen zu lassen, fiel ihm freilich wieder zu spät ein. Anstatt einfach zu tun, als habe seine Anwesenheit in diesem Haus absolut nichts Verdächtiges, Unerlaubtes an sich, benahm er sich wie ein auf frischer Tat Ertappter, der in seiner blödsinnigen Ertapptheit noch mit dem nackten Finger auf die eigene frische Tat hinzeigte. Und Kamilla, die sich inzwischen wieder gesetzt hatte, saß nur da, hielt die Bluse in der Hand und schaute.

»Wie kannst du so dasitzen!«, schrie er sie an.

»Wie sitze ich?«

Er sagte nichts, blickte nur hinüber zu den Vorhängen.

»Du glaubst, wir wurden beobachtet?«, sagte sie.

»Ich glaube es nicht, ich weiß es. Und du sitzt da, als ob

das keine Rolle spielte, als würde das nicht ins Gewicht fallen. Was es ja auch nicht tut, für dich. Sehe ich das richtig?«

»Wie sollte ich deiner Meinung nach sitzen, damit du glaubst, es fällt ins Gewicht? Sollte der Sessel unter mir zusammenkrachen?«

»Witzig, echt witzig«, sagte er und stampfte im Wohnzimmer herum. Weil es keine Argumente gab für seine Vorhaltungen, blieb ihm nur das symbolhafte Stampfen. Als er die noch auf dem Boden herumliegenden Kleidungsstücke erblickte, überkam ihn die Vorstellung, er befände sich nicht in der erlebten Wirklichkeit, sondern bei den Dreharbeiten zu einem Film. Einem niveaulosen Film voller Klischees und abgebrauchter Szenen, wie er sie Hunderte Male im Kino oder im Fernsehen gesehen hatte. Irgendwie waren es diese verstreuten Kleidungsstücke, die eine neue finstere Aufwallung in ihm hervorriefen. Die Kleidungsstücke gepaart mit der Vorstellung, die Fensterfront habe sich für die Nachbarin wie eine reale Kinoleinwand präsentiert, auf der eine Sexszene ablief, die klischeehafter nicht sein konnte: Mann und Frau beim außerehelichen Geschlechtsverkehr, und ringsherum, im langsamen Kameraschwenk, die gierig heruntergerissenen Kleider. Ein Frauenfuß in Großaufnahme, der aufreizend gestreckt aus einem Spitzenhöschen stieg, dann quälend langsam mit dem Kameraauge zum Knie wandernd bis hinauf zum Oberschenkel, worauf die männlichen Zuseher sich an den Armlehnen festkrallen mussten, um nicht vor aufgestauter Erregung zu vergehen. Er wurde ärgerlich, weil er nicht mehr bestimmen konnte, ob das sexuelle Vorgehen, das er heute an und mit Kamilla praktiziert hatte, seinen ureigenen Wünschen entsprach, oder ob er nur einfallslos etwas wiederholt hatte, was ihm irgendwann einmal auf einer Leinwand, einem Fernseh- oder Computerbildschirm gezeigt worden war. Das alles kam ihm plötzlich so billig vor, dass er nur darauf wartete, von irgendwo in der Nähe den Ausruf »Schnitt« ertönen zu hören, und wenn er sich umdrehte, würde er einen Regisseur erblicken, der, wie könnte es anders sein, mit Hornbrille und Seidenschal im Klappstuhl saß und zufrieden einen Daumen hochstreckte, weil er für seinen neuen unoriginellen Blockbuster eine neue unoriginelle Szene mit unoriginellen Charakteren im Kasten hatte. Nein, so konnte, so durfte es nicht weitergehen. Er musste diese Farce beenden, zu seinem eigenen Wohl und dem seiner Familie. Aber nicht jetzt. Zuerst noch Sex haben, dann die Frau abservieren? So einer wollte er nicht sein. Die Gefühle trieben schon wieder ihr finsteres Spiel mit ihm.

»Seit du in der Werkstatt aufgetaucht bist, fängt alles an schiefzulaufen«, hörte er sich plötzlich sagen und musste aufpassen, nicht ins Schluchzen zu verfallen. »Du hättest nicht kommen dürfen. Aber das wusstest du ja, nicht wahr? Wir haben das besprochen. Du hast es gewusst und es trotzdem getan.«

Er machte eine Pause, um ihr Zeit zu geben, etwas zu sagen. Dann rief er:

»Sag wenigstens etwas!«

»Was soll ich sagen? Dass es mir leidtut? Es tut mir nicht leid. Ich wollte dich überraschen. Wollte sehen, wie du reagierst. Ich habe lang hin- und herüberlegt. Ob du's glaubst oder nicht, auch andere machen sich Gedanken. Von dem Schulbus konnte ich nichts wissen. Dafür weiß ich jetzt, wie du sein kannst. Und wie die Dinge zwischen uns stehen.«

»Dann sollte das vielleicht ein Test sein?«

»Keine Ahnung, was es sein sollte. Ein Test sicherlich nicht. Aber jedenfalls weiß ich jetzt Bescheid.«

Weil ihm dazu nichts zu sagen einfiel, stieg Leidegger in die Unterhose. Er spürte, wie ihm plötzlich die eigene Nacktheit störend wurde, und beeilte sich in die Kleider. Er hielt es für kein gutes Zeichen, nun auch bei Kamilla die Hüllenlosigkeit als einen Zustand zu empfinden, den es umgehend zu beheben galt. Vielleicht aber war es ja vielmehr ein gutes Zeichen, ein Zeichen nämlich seiner Bereitschaft, den Schlussstrich zu ziehen. Endlich das Schlussmachen zu wagen! Während er sich schon den Gürtel zuzog, blieb Kamilla weiterhin ungerührt nackt, anstatt sich, wie sonst auch, zeitgleich mit ihm anzuziehen.

»Und jetzt gehst du?«, sagte sie.

»Das sollte ich wohl.«

»Es ist früher als sonst«, sagte sie, und beim Blick auf die Wanduhr über der Tür stellte er fest, dass er noch gar nicht aufzubrechen brauchte, sondern in seiner Verärgerung bloß einem falschen Zeitgefühl auf den Leim gegangen war. Man konnte es also ein zweites Mal tun. Sie taten es. Kamilla störte sich nicht daran, dass er wieder angezogen blieb und nur der Hosenschlitz geöffnet werden musste, aber ihn störte es. Es als Mann nicht einmal der Mühe wert zu finden, sich für den Geschlechtsakt zu entkleiden, schien ihm in der emanzipierten Welt plötzlich wie ein nicht mehr vertretbares Ungleichgewicht, das nicht einmal dann akzeptabel war, wenn die Frau es selbst wollte. Aber Kamilla war zu schnell gewesen. Ehe er sich's versah, hatte sie ihn rücklings aufs Sofa geworfen und sich auf ihn gesetzt. Nun war sie es, die von der Echtheit des Ärgers getrieben war, und er derjenige, der davon angesteckt wurde.

Leider hielt diese Umwandlung seines dunklen Gemütszustands in etwas Positives nicht lange an, denn als Leidegger zur gewohnten Zeit Kamillas Haus verließ, tat er dies in dem Bewusstsein, zumindest eine außenstehende Person, die Nachbarin, wisse jetzt über sein Tun und Treiben Bescheid. Sollte bald der unwahrscheinliche Fall eintreten, dass diese Frau ihm über den Weg lief, würde er sich für den noch unwahrscheinlicheren Fall, dass sie ihn ansprach, eine Lüge zurechtlegen müssen. Eine Lüge! Und war dieser Fall denn so unwahrscheinlich? Um seine Anonymität zu wahren, parkte Leidegger seinen Wagen fast immer zwei Gassen weiter auf dem Parkplatz eines Supermarkts. Und wo erledigte diese Frau ihre Einkäufe? Nun, höchstwahrscheinlich in diesem Supermarkt. Wieder einmal wurde Leidegger bewusst, wie erschreckend kurz der Weg war von einem unwahrscheinlichen Fall zu einem höchstwahrscheinlichen Fall. Und Kamilla? Wusste sie irgendetwas von alldem? Wusste sie, was für ein Verfahren er seit mehreren Monaten mindestens zweimal die Woche mit seinem Auto betrieb? Dass er manchmal sogar in den Supermarkt hineinging, um irgendeine Kleinigkeit einzukaufen, die er gar nicht brauchte, nur um nicht als nicht-konsumierender Konsumentenparkplatzbesetzer entlarvt zu werden? Und dazu jetzt diese Frau! Einmal mehr tat Leidegger sich selbst aufrichtig leid, weil er sich so viel ärgern musste. Er schmeckte ihm nicht, dieser Ärger, denn genau wie allen Menschen ging es ihm besser ohne.

Die Rückfahrt im Auto begann überraschenderweise als ein Genuss. Je weiter er aus dem besiedelten Gebiet hinauskam, desto gelöster wurde er. Sowie er das Ortsschild passiert hatte und das grau flimmernde Band der Landstraße sich flach und endlos vor ihm aufrollte, ließ er vor Wohlbefinden ein tiefes »Aah« aus der Lunge entweichen. Ihm war klar, dass es nur ein kurzwährender Genuss sein konnte, knapp zwanzig Minuten Fahrt, aber er beabsichtigte, diesen Genuss, allein mit sich in seinem Auto, im höchsten Maß auszuschöpfen. Er fuhr gemütlich, zehn Stundenkilometer unter der erlaubten Höchstgeschwindigkeit. Er hatte sich die Sonnenbrille aufgesetzt und das Seitenfenster heruntergelassen. Er lehnte den Ellbogen hinaus, lenkte mit einer Hand, manchmal auch nur mit zwei Fingern, Daumen und Zeigefinger, während die zweite Hand locker am Schaltknüppel ruhte. Er kam sich sehr männlich vor und bekam Lust auf eine Zigarette. Hätte er Zigaretten im Auto gehabt, hätte er sich ohne langes Überlegen eine zwischen die Lippen geworfen, sie im Mundwinkel stecken lassen wie ein James Dean oder sonst ein männliches Role Model aus einer Zeit, da das Rauchen noch ein starkes Symbol war und jeder Kerl, der etwas auf sich hielt, einen Glimmstängel im Gesicht trug. Zwar hatte er noch nie so geraucht und wollte es gar nicht, aber der Gedanke war anregend. Eine Affäre, eine Zigarette, ein Auto – ein Mann. Wie in der Fernsehwerbung, dachte er und wollte lächeln, erschrak aber stattdessen, als ihm einfiel, wann er diese Art Zigarettenwerbung zuletzt gesehen hatte: vor dreißig Jahren vermutlich! Obwohl ihn alles symbolisch Männliche eigentlich anwiderte, fand er sich selbst auf einmal in der allerpeinlichsten Mannspose wieder. Wozu denn jetzt diese geballte Männlichkeit? Gerade hatte er zweimal Sex gehabt mit seiner heimlichen Geliebten – ging es noch männlicher? Plötzlich fiel ihm der Anfangssatz einer beliebten Fernsehserie ein, die er als Kind gerne geschaut hatte: »Ein Mann und sein Auto.« Er sah das Auto vor sich, den schwarzen Sportwagen mit dem markanten roten Lichtstreifen, den männlichen Helden mit Lederjacke, Bluejeans und protziger Gürtelschnalle, und verschluckte sich fast in einem heiseren Keuchanfall. Sofort zog er den Ellbogen ins Fahrzeuginnere und ließ das Fenster hinauf, richtete den Rücken gerade und riss die Hand vom Schaltknüppel, um sie vorbildlich neben die andere ans Lenkrad zu patschen, weil er von den Entgegenkommenden nicht für so eine mannhafte Schießbudenfigur gehalten werden mochte. Wie viele hatten ihn schon so fahren sehen! Noch im selben Moment spürte er, wie unbequem es ihm war, so Auto zu fahren, wie verkrampft, gezwungen, fast quälend dieses Sitzen sich anfühlte. Wie im Zahnarztsessel, dachte er. Ich sitze hier, als sollte mir ein Zahn gezogen werden! Es konnte doch niemand verlangen, auf diese Weise das eigene Fahrzeug zu lenken. Das ist Folter, dachte er und suchte augenblicklich nach einer neuen Sitzposition. Bequem sollte es sein, aber gleichzeitig nichts ausdrücken, nichts symbolisieren. So lange betrieb er dieses suchende Herumrücken, bis er befürchten musste, vor Unaufmerksamkeit gegen einen Baum zu krachen oder die anderen Verkehrsteilnehmer zu gefährden. Jetzt war er schon zu einer Gefahr im Straßenverkehr geworden, dabei wollte er doch nur ein bisschen weniger lächerlich männlich sein!

Fürs Erste beruhigt, als er endlich in einer hinlänglich zufriedenstellenden Sitzposition gelandet war, drängte sich ein anderer Gedanke in den Vordergrund, etwas, das ihm schon den ganzen Tag düster im Hinterkopf herumgegeistert war. Der Genuss des Autofahrens nämlich stand unter einem finsteren Stern, dem Stern dessen, was ihn ziemlich sicher heute noch erwartete: die Arbeitshose. Nicht die Hose selbst freilich, sondern ein Sprechen über die Hose. Denn das Thema Arbeitshose – seine Geheimhose! – war ja heute Morgen keineswegs ausdiskutiert, sondern von ihm lediglich mit Davonfahren beantwortet worden. Die Zunge wurde ihm ganz pappig bei dem Gedanken an das bevorstehende Reden über diese Hose. Als er nach Hause kam, überraschte ihn allerdings eine neue Auffälligkeit: Selina war nicht da.

Er sah Martina am Tisch sitzen, allein. Die Schultasche stand nicht am gewohnten Platz, und in der Garderobe, fiel ihm jetzt ein, hatte er Selinas Schuhe nicht wie immer neben denen Martinas stehen sehen. Dunkel dämmerte ihm etwas, und in seinen Ohren schrillten die Alarmglocken: Was, wenn sie jetzt Sex wollte? Er konnte beinahe körperlich spüren, wie die Abwesenheit der Tochter eine Aura der Erwartung erzeugte. Es kam nicht oft vor, dass Selina nach der Schule nicht zu

Hause war, aber hin und wieder eben doch. Und was tat man als Ehepaar, wenn die Kinder ausnahmsweise nicht da waren? Man stieg miteinander ins Bett. Woher er das schon wieder zu wissen glaubte, hätte er nicht sagen können, vermutlich eine Erinnerung an etwas, das er irgendwo gelesen oder gehört hatte, ein Ratschlag von Herrn oder Frau Doktor Sex & Familie, ein kleiner Tipp anderer Eltern, die sich trotz dreier Kinder noch regelmäßig und glücklich beschliefen, aber die Befürchtung war jedenfalls real. Sie waren durchaus nicht das erste Mal nur zu zweit im Haus, und gewiss hatten sie aus diesem besonderen Anlass nicht jedes Mal Sex gehabt. Aber die Vorstellung, nach zweimaliger geschlechtlicher Betätigung mit Kamilla jetzt auch mit Martina Sex haben zu müssen, erschreckte ihn über die Maßen. Ihr die körperliche Liebe zu verweigern, würde er indessen nicht ruhigen Gewissens wagen, denn natürlich würde Martina sich dann fragen müssen, was der Grund dieser Verweigerung sei. Sogleich durchstöberte Leidegger sein Gedächtnis, um zu eruieren, wann er das letzte Mal den sexuellen Kontakt mit Martina verweigert hatte, und ob überhaupt. Da er in seiner Erinnerung keine Anhaltspunkte für eine solche Verweigerung aufspüren konnte, durfte sie darum auch jetzt nicht stattfinden. Noch ein Ergebnis wurde Leidegger frei Haus mit diesem Denken mitgeliefert, die Frage nämlich, warum er nicht auf die Idee gekommen war, in unregelmäßigen Abständen vorsorglich den ehelichen Geschlechtsverkehr zu verweigern zur Vertuschung des außerehelichen. Jedes dritte, zumindest aber jedes vierte Mal, so dachte er, hätte er eine solche Verweigerung ausüben sollen für einen Fall wie diesen. Dies alles schoss ihm durch den Kopf, bevor Martina überhaupt den Mund aufgemacht hatte. Gab es übrigens so etwas wie Ratgeberliteratur für Seitensprünge und länger anhaltende Affären? Leidegger glaubte es nicht. In den Buchläden und auf den Lebenshilfe-Seiten der Zeitungen und Magazine war er wiederholt auf Ratgeber für funktionierende Partnerschaften, Liebesbeziehungen, Familienleben und allgemein über die Glücksfindung in Liebesdingen gestoßen. Wo aber waren die Ratgeber für das reibungslose Funktionieren einer Affäre? Sofort glaubte Leidegger, ein ganzer unentdeckter Geschäftszweig habe sich vor ihm aufgetan. Womöglich aber gab es so eine Literatur ja bereits und er hatte es bloß verabsäumt, sich zu informieren. Bestimmt war das ganze Internet voll mit praktischen Tipps und Lösungsansätzen für die am häufigsten auftretenden Affärenprobleme. Wahrscheinlich war das Internet überhaupt nur erfunden worden, damit Ehebrecher auf der ganzen Welt sich anonym vernetzen konnten. Eines jedenfalls war gewiss: In einem Abschnitt über den ehelichen Beischlaf würde kein Ratgeber der Welt ihm weismachen können, dieser sei unter allen Umständen zu jeder Tages- und Nachtzeit ausnahmslos zu vollstrecken. Nein, aus der Erfahrung seiner aktuellen Schreckenslage würde er jeder Ehebrecherin und jedem Ehebrecher dringend anraten, mit unauffälliger Regelmäßigkeit vorsorglich den ehelichen Geschlechtsverkehr zu verweigern. Wenn man beispielsweise nach fünfzehn Mal durchgeführtem Sex das sechszehnte Mal verweigerte, wäre das auffällig. Ungleich weniger auffällig wäre es dagegen, wenn man das sechzehnte Mal verweigerte, nachdem man davor bereits jedes vierte Mal Nein gesagt hatte, das leuchtete ein. Einen Puffer aufbauen, sich eine Knautschzone einrichten, das war die Lösung. Aber wie immer seit Neuestem kam die Lösung für Leidegger zu spät.

»Ist Selina nicht da?«, fragte er.

»Die ist bei ihrer Freundin und wird um sieben nach Hause gebracht.«

»Aha«, sagte er.

Sie blickte ihn an:

»Hast du das vergessen?«

»Habe ich es denn gewusst?«

»Klar hast du's gewusst.«

Wieder blickte sie ihn an, und in der einen Sekunde, die dieser Blick dauerte, erkannte Leidegger seine goldene Chance. Martina gehörte nicht zu der Sorte von Menschen, die aus einem Streit ins Erotische übergingen, die aus dem Aggressiven und Attackierenden Lust zu schöpfen vermochten; sie fühlte sich eher abgestoßen von allem Rohen und Derben, das in die Liebe einzudringen versuchte. Wenn er also einen kleinen Streit provozierte, würde es mit ziemlicher Sicherheit zu keiner sexuellen Aktivität zwischen ihnen kommen. Dazu musste nicht einmal ein handfester Streit her, eine gediegene Verstimmung reichte allemal.

»Du hättest mich erinnern können«, sagte er.

»Was, bitte?«

»Ich hätte noch einiges zu tun gehabt. Du hättest mich erinnern können, dann hätte ich vielleicht länger gearbeitet.«

»Oder du hättest es dir merken können. Deine Arbeitstermine vergisst du ja auch nicht.«

»Die schreibe ich mir auf.«

»Doppelt und dreifach, ich weiß. Vielleicht solltest du anfangen, dir alles andere auch aufzuschreiben, doppelt und dreifach. Vielleicht würde das helfen.«

»Ja, vielleicht«, sagte er.

Er konnte beobachten, wie ihre Laune sich bereits verdüsterte. Um ganz sicherzugehen, setzte er noch eins drauf. Er blickte ihr sehr direkt in die Augen und sagte:

»Warum hast du mich heute Morgen nicht geweckt? Du hättest mich nur aufzuwecken brauchen, dann hätte ich mich schnell angezogen und sie in die Schule gefahren.«

»Dazu war keine Zeit.«

»Ach echt?«

»Hätte ich dich erst aufwecken müssen, wäre sie garantiert zu spät gekommen.«

»Das glaube ich kaum.«

»Was heißt, das glaubst du kaum? Ich wache auf und sehe, wie spät es ist. Ich rüttle dich zweimal an der Schulter und du rührst dich nicht. Worauf soll ich warten? Ich gehe Selina wecken, wir packen schnell alles zusammen, ziehen uns an und fahren los.«

»Und mich lässt du verschlafen.«

»Du bist ein erwachsener Mann. Wärst du nicht runtergekommen, kurz bevor wir gegangen sind, wäre ich noch einmal nach oben gerannt und hätte dich aus dem Bett geschmissen.«

»Das hättest du gleich tun können und es wäre genauso viel Zeit vergangen.«

»Herrgott, ich war erschrocken und in Eile!«

»Ja, ja, schon gut«, sagte er.

»Sonst ist es eben immer umgekehrt. Normalerweise stehst du vor mir auf.«

»Schon gut«, wiederholte er und dachte: Gleich wird sie über die Arbeitshose reden wollen. Ich habe sie zuerst attackiert, und als Gegenattacke wird sie die Hose ins Spiel bringen. Aber das tat sie nicht. Den ganzen restlichen Tag tat sie es nicht und auch später nicht mehr, und es war für Leidegger unmöglich zu sagen, ob das etwas zu bedeuten hatte oder ob es nichts zu bedeuten hatte. Wie immer bestand der große Nachteil des Nichtbesprechens darin, dass das Nichtbesprochene nicht einfach verschwand, sondern gleichsam eine eigene Existenz führte. Wie in einer Parallelwelt, so dachte er es sich manchmal, lebte alles Nichtbesprochene fort und pflegte eine große Unzufriedenheit, grummelnd, verbittert, bis die Unzufriedenheit zu groß wurde und alles Nichtbesprochene zur Meuterei ansetzte und gegen die infamen Nichtbesprechenden vorging. Dann aber genügte es nicht mehr, das Besprechen nachzuholen, sondern es endete mit der kompletten Vernichtung. Für den Moment spielte das Hosenthema keine Rolle, und das beruhigte ihn. Zugleich aber fürchtete er, von nun an jeden Morgen beim Hineinsteigen in diese Hose daran erinnert zu werden, dass dies keine gewöhnliche Hose mehr war, sondern eine Hose mit Bedeutung, eine Hose mit Zukunft. Dass bei seiner Affäre eine Hose bald eine größere Rolle spielen würde als das in der Hose versteckt Liegende, zeigte ihm wieder einmal deutlich, mit wem er es bei sich zu tun hatte. Während der durchschnittliche, außerehelich geschlechtstätige Mann sein Hirn in der Hose hatte, hatte Leidegger jetzt eine Hose im Hirn. Dem Beischlaf war er, wie sich zeigte, entkommen, aber eine Zukunft mit dieser Hose erwartete ihn noch, dessen war er sich sicher. Die fortwährende Überproduktion von Gedanken – das war sein Leiden. Wie hatte er auch nur eine Sekunde glauben können, einer wie er könne eine Affäre am Laufen halten, ohne vom eigenen Gehirn zugrunde gerichtet zu werden?

4

Obwohl Leidegger aufgrund seines Berufs häufig bei Hochzeiten war, hatte er sich nie richtig an sie gewöhnt. Zwar gelang es ihm meistens, den Fotografentermin mit dem Brautpaar auf für alle Beteiligten angenehme Weise über die Bühne zu bringen, doch immer blieb danach etwas bei ihm zurück. Weil er sich nur allzu gut erinnerte, wie das Fotografieren auf seiner eigenen Hochzeit vonstattengegangen war, hatte er seit seinem ersten Auftrag eine sehr klare Vorstellung davon, wie er es nicht machen würde. Über eine gefühlte Ewigkeit waren sie bei sengender Sonne und unerträglicher Luftfeuchtigkeit von dem Fotografen kreuz und quer durchs Gelände gescheucht worden. Auf Treppenstufen, Holzfässern, Steinbänken, Steinblöcken hatte er sie sitzen, vor Rosensträuchern, gusseisernen Toren, Springbrunnen und Gemälden Aufstellung nehmen lassen, bis sie vor Überhitzung zu hecheln anfingen. Mit dem Ergebnis, dass diese Fotografien überhaupt keine Chance hatten, ihnen zu gefallen, da sie darauf entweder genervt dreinblickten oder ihnen, wenn die Genervtheit nicht schon aus ihren Gesichtern sprach, beim Betrachten der Fotos immer ins Gedächtnis gerufen wurde, wie genervt sie damals waren. Mit einem gewissen Stolz, der sich in Leidegger stets berechtigt anfühlte, glaubte er, es selbst besser zu machen. Er arbeitete nach dem Prinzip: So schnell wie möglich und so gut wie möglich. Das funktionierte allerdings nur, wenn er perfekt organisiert war, sehr viel Planungsarbeit leistete und Vorkehrungen vor Ort traf. Wenn er mit den Gegebenheiten einer Location nicht vertraut war, fuhr er oft mehrmals dorthin, um alles in Augenschein zu nehmen und einen Arbeitsplan zu erstellen. Er schätzte es, auf penibel strukturierte Abläufe zurückgreifen zu können, bereits im Vorfeld Stellen und Requisiten auszuwählen, die ihm am geeignetsten schienen, und sie mit Zahlen und dazugehörigen Bezeichnungen zu versehen. Die Wegstrecken wollte er so gering wie möglich halten, eine Marschroute bestimmen, durch einen Schlosspark beispielsweise – denn Hochzeiten in Schlössern standen zurzeit hoch im Kurs –, bei der keine unnötigen Wege entstanden. Ein Fotograf, der ein schwitzendes, vor nervöser Freude und Anspannung halb ohnmächtiges Brautpaar zweimal denselben Fußmarsch bestreiten ließ, war in Leideggers Augen ein schlechter Fotograf. Alles drehte sich um Organisation. Er zeichnete Pläne eines Geländes, das er noch nicht kannte, und trug die Routen ein, markierte die Stellen, höchstens fünf, und machte Notizen zu Posen und natürlichen und baulichen Requisiten. Zusammengefasst: Alles, was auf seiner eigenen Hochzeit von dem Fotografen verabsäumt worden war, plante er schon im Voraus dreimal so genau. Trotz seiner Erfahrung und den Routinen, die sich inzwischen zu einer soliden Arbeitsgrundlage zusammengefügt hatten, war daraus nie jene stupide Art der Gewohnheit geworden, die zur Nachlässigkeit verleitete. Wer ein Mann mit Prinzipien war, der verfolgte diese Prinzipien auch nach vielen Jahren noch wie am ersten Tag. Da sein großes Prinzip Sorgfalt lautete, glaubte er, es besser zu machen als die meisten anderen.

Aber ganz sicher sein konnte er sich nie. Denn genau, wie sie selbst damals aus Anstand oder aufgrund fehlender Vergleichsmöglichkeiten dem miserablen Fotografen ihren Unmut verschwiegen hatten, würden die meisten ihre Unzufriedenheit vermutlich auch vor ihm geheim halten. Selbst wenn er im Anschluss an den Termin das Brautpaar um eine Rückmeldung bäte, würde er nie ganz darauf vertrauen können, ob sie ihn nicht aus Höflichkeit oder zur Feier des Tages belogen. Er wusste, dass er als Fotograf auf Hochzeiten der unvermeidliche Klotz am Bein war, das fünfte Rad am Wagen, der Sand im Getriebe, weil alle Brautpaare selbstverständlich Fotos wünschten, idealerweise hervorragende, am liebsten jedoch ohne das leidige Fotografieren, ohne Fotografen, ohne ihn. Dies galt im Übrigen nicht allein für die frisch Vermählten, sondern im gleichen Maße für die wartenden Gäste, die zwar nicht angestrengt lächelnd in eine Kamera blicken und in der Gegend herumlaufen mussten, sich aber in der Zwischenzeit bei der Agape oder sonst einem Zeitvertreib die Füße in den Bauch standen.

Ein anderer Aspekt war, dass Leidegger die Hochzeiten immer öfter als famose Lügenveranstaltungen empfand. Mit der Statistik im Hinterkopf, dass die Hälfte aller Ehen ohnehin wieder geschieden wurden, verrichtete er gewissermaßen bei jeder zweiten solchen Veranstaltung eine sinnlose Arbeit. Obschon er die Betreffenden so wenig wie möglich zu quälen versuchte, teilte er dennoch für eine gewisse Zeit intime Momente mit diesen Menschen, und irgendwann hatte er sich in diesen Momenten zu fragen begonnen, ob er nicht gerade zukünftig Geschiedene vor der Linse hatte. Gesten, Gesichtsausdrücke, Geräusche, Bewegungen, überall konnte sich das zukünftige Auseinandergehen in kleinen Details andeuten. Ein abschätziger Blick der Braut, wenn der Bräutigam um etwas gebeten wurde, das er nicht gehorsam in derselben Sekunde ausführte – Knie anheben, Kopf neigen, einen Kussmund bilden, die Braut auf den Schoß nehmen. Zeigte es sich da bereits? Verdrehte sie die Augen, hob sie eine Braue an, schüttelte sie den Kopf? Oder bei den Wegen, den ohnehin sehr kurzen Wegen, von einer Stelle zur nächsten: Wollte der Mann das Szepter in die Hand nehmen, drängte er zur Eile, schnaufte er oder seufzte genervt, warf er seiner Ehefrau einen bitteren Blick zu, der besagen sollte, das sei wieder einmal typisch für sie, ein ewiges Streitthema? Schon oft hatte Leidegger sich gewünscht zu erfahren, welchen Ausgang es mit diesem oder jenem Brautpaar genommen habe, ob seine leise Vorahnung eine Täuschung war oder ob sie sich bestätigte. Ab welcher Quote seiner Beobachtungen wäre es übrigens seine moralische Pflicht, die Brautpaare vor ihrer gemeinsamen Zukunft zu warnen? Achtzig Prozent, neunzig Prozent? Auch diese Frage hatte er sich, weil die Selbstbefragung seine Krankheit war, häufig gestellt. Eine zwecklose Frage und eine scheinheilige: Wären seine analytischen Überlegungen über die Zukunft der Brautpaare ernst zu nehmen, hätte er selbst längst geschieden sein müssen.

Und dann noch die Ringfotos. Am meisten verhasst waren Leidegger die Ringfotos. Die meisten, eigentlich alle Paare, wünschten ein Bild ihrer Hände mit den frisch auf die Finger gepflanzten Eheringen. Doch die Hände der Brautleute waren selten schöne Hände. Fast ausnahmslos war die Haut dieser Hände blass, schweißig, blutleer, äderig oder von der nervösen Anspannung rot gefleckt, von kränklichem Aussehen, und nicht selten kam ihm in der Werkstatt vor dem Computer der Gedanke, dass er eigentlich Leichenhände fotografiert hatte. Diese Handfotos zu bearbeiten, kostete ihn viel Mühe und Überwindung, und mehrmals schon hatte er sich bei der Vorstellung ertappt, mit dieser Tätigkeit die Arbeit eines Präparators zu verrichten. Die zukünftigen Eheleichen präparieren, das tat er!

Ein weiterer Punkt seines Missvergnügens bei Hochzeiten war, dass er häufig nach getaner Arbeit noch als Gast an dem Fest teilnehmen musste. Das war der Nachteil, den das Leben in der Ortsgemeinschaft mit sich brachte. Man kannte ihn, und da zu diesen Festen meistens sehr viele Gäste geladen waren, gab es immer einige darunter, die ihn nach dem letzten

Klick auf den Auslöser nicht einfach ziehen lassen wollten. In Wirklichkeit konnte Leidegger alles ausgelassene Beisammensein auf den Tod nicht ausstehen, weshalb es ihm auch bei den Hochzeiten am liebsten wäre, nach Verrichtung seiner Dienstleistung einfach sang- und klanglos verduften zu können. So gut wie immer jedoch gab es Leute, die ihn zum gemeinsamen Trunk baten, ihn sogar an ihren Tisch einluden und ihm mit Konversation auf die Pelle rückten, nicht selten Gäste, bei deren eigener Hochzeit er engagiert gewesen war. Zu seinem eigenen Vorteil hatte er seine soziale Unlust gekonnt zu überspielen gelernt und galt im Allgemeinen als guter Fotograf. Aber war das denn eigentlich ein so großer Vorteil? Zum ersten Mal keimte in ihm der Verdacht, es könnte in einer gewissen Hinsicht womöglich als Nachteil anzusehen sein, sich gut auf seinen Beruf zu verstehen. Ein ganzes kleines Weltbild geriet heute ins Wanken, als er wieder einmal an einem der Stehtische mit einem Glas Sekt in der Hand den Leutseligen spielen musste und ihm mit einer Plauderei zugesetzt wurde: Womöglich waren die schlechten Fotografen gar keine schlechten, sondern fühlten sich von den Hochzeiten ebenso abgestoßen wie er selbst und hatten bloß keinen anderen Ausweg mehr gesehen als den, möglichst schlecht und quälend zu arbeiten, damit sie nie wieder befürchten mussten, für Hochzeiten engagiert zu werden. Abermals hing Leidegger in Erwägungen fest, die sich außer im Kreis nirgendwohin bewegten: Jetzt anzufangen, vorsätzlich schlechte Arbeit zu leisten, wäre ein unsinniges Vorhaben, allem voran ein geschäftsschädigendes. Wie schon bei seinem Vorgänger war auch bei ihm alles von einem guten Ruf abhängig. Wenn er bei der Hochzeit des einen Paars fotografierte und dieses Paar ihn an ein anderes weiterempfahl, wäre es sowohl seinem Ruf als auch seiner Geldbörse wenig zuträglich, das neu in Aussicht stehende Engagement abzulehnen. So funktionierte es, das wusste er. Auch vor drei Jahren, als er lange mit dem alten Fotografen in der Werkstatt zusammengesessen war, um eine mögliche Nachfolge – mit ihm selbst als Nachfolger – zu besprechen, hatte er es gewusst und es akzeptiert. Nichtsdestoweniger kam er sich mitunter vor wie in einem Spinnennetz, aus dem es kein Entrinnen gab. In ein Netz aus Abhängigkeiten war er geraten, das sich immer dichter um ihn herum zuwebte. Aber wer war die Spinne? Das wiederum war nicht so leicht zu beantworten. Wenn er selbst es war, der das Netz gewoben hatte, wie konnte er dann gleichzeitig derjenige sein, der darin festsaß? Was für eine grunddämliche Spinne musste das sein, die sich in ihrem eigenen Netz festwebte? Nun, eine, die auf den Namen Leidegger hörte. Aber ob es ihm nun schmeckte oder nicht, sein Ziel musste sein, den guten Ruf aufrechtzuerhalten. Und die Hochzeiten gehörten dazu. Wollte er keine Hochzeitsaufträge mehr annehmen, würde er ein völlig neues Unternehmenskonzept ersinnen müssen. Wie sehr ihm dazu die Lust und auch jeglicher Antrieb fehlen würden, wusste er schon im Voraus. Er würde, zumindest zwischenzeitlich, massive Umsatzeinbußen in seinen ohnehin überschaubaren Einnahmen in Kauf nehmen müssen, bis das neue Konzept sich gefestigt hätte. Sofern es das überhaupt jemals täte. Und er würde Werbung machen, Geld in Werbung investieren müssen – bisher hatten sich seine Werbeausgaben auf exakt null Komma null belaufen. Also die Hochzeiten.

Er stand am Stehtisch. Die Sonne schien angenehm warm, er hatte die Ärmel aufgekrempelt und genoss die vereinzelten Schweißperlen, die sich zaghaft um den Bauchnabel herum hervorwagten. In wenigen Wochen hätte sich zu diesem Zeitpunkt das triefnasse Hemd bereits ekelhaft an Rücken und Brust festgeklebt. Die große Herausforderung, die ihn noch erwartete, war das Gruppenfoto auf der großen Treppe. Davor gab es eine Pause, die mit Spielen oder kurzen, verstreuten Unterhaltungsprogrammen überbrückt wurde. Wahrscheinlich würden wieder Luftballons in den Himmel geschickt werden, damit auch die Vögel noch etwas von der Menschenfreude auf der Erde mitbekommen durften, oder es würde einen Konfettiregen geben. Danach würde er alle seine Schäfchen für das große Foto zusammentrommeln müssen. Als Hirtenhunde teilte er stets die Trauzeuginnen und Trauzeugen ein, denn als Einzelperson eine Horde von mehr als hundert Menschen dazu zu bringen, sich zur gleichen Zeit an ein und demselben Ort einzufinden, war für einen Einzelnen eine schier unlösbare Aufgabe. Immer gab es welche, die noch an ihren Sektflöten nuckelten oder eine Zigarette zu Ende rauchten, immer wurde von einer Person, die schon artig in der Menge Aufstellung genommen hatte, eine andere als fehlend gemeldet, auf die dann gewartet werden musste, oder es machte sich jemand auf die Suche nach der oder dem Fehlenden und fehlte dann selbst. Auch bei diesen Gruppenfotos, erst recht, wenn es so richtig heiß würde, arbeitete er nach dem Prinzip der geringstmöglichen Qual. Doch die ehrbarsten Grundsätze gingen zum Teufel, wenn niemand ihm gehorchte. Wie rücksichtslos waren diese schwarzen Schafe, derentwegen die schon artig Versammelten noch länger in der Hitze brüten mussten! Und wem würden sie dafür die Schuld geben, den trödelnden Ausreißern oder ihm, dem Hauptverantwortlichen? Eine Hundepfeife für Menschenohren wünschte er sich bisweilen, also eine Menschenpfeife. Aber Menschen mit einer Pfeife zusammenzuscharen, schien ihm als Methode doch wieder zu erniedrigend. Obwohl gewiss viele für seine aussichtslose Lage Verständnis zeigen und das wortwörtliche Zusammenpfeifen als ein probates Mittel akzeptieren würden, wollte er es dennoch nicht riskieren, als Pfeife blasender Fotograf in die Annalen der regionalen

Geschichte einzugehen. Inzwischen konnte Leidegger nicht mehr entscheiden, ob ihm nun die Schulklassen, die Ring- oder die Gruppenfotos größeres Ungemach bescherten. Natürlich stand diese Frage in direktem Zusammenhang mit der jeweiligen Gruppe, mit der er es an dem jeweiligen Tag zu tun hatte, ebenso mit den Trauzeugen, die er einteilte und von denen er im Voraus nie wissen konnte, wie energisch sie seiner Bitte um Unterstützung nachkommen würden. Mehrmals hatte er in der Vergangenheit herauszufinden versucht, ob sich anhand der Gruppenzusammenstellung eine ernst zu nehmende Prognose darüber erstellen ließ, welche Dynamik sich beim Fotografieren entwickeln würde. Immer wieder war er dabei irrtümlich auf die Vermutung verfallen, ein höherer Altersschnitt unter den Gästen ließe auf eine höhere Disziplin schließen, was sich allerdings so oft als falsch herausgestellt hatte, dass eine Regel in weiter Ferne lag. Trotz der Gereiztheit, die ihm mitunter aus dieser Arbeit erwuchs, konnte er das mit den Prognosen nicht sein lassen, dafür amüsierte es ihn zu sehr. Tatsächlich war es nichts anderes als ein Ratespiel, bei dem die Chancen fünfzig zu fünfzig standen, aber die Freude, wenn er wieder einmal richtig lag, genoss er jedes Mal aufs Neue und gönnte sich den kleinen Selbstbetrug, das Richtigliegen als kluge Prognose, das Falschliegen hingegen als Pech bei einem Ratespiel einzustufen.

Wie sich zeigte, hatte er es diesmal mit einer überaus folgsamen Horde zu tun. Nachdem das Gruppenfoto so schnell und problemlos wie selten über die Bühne gegangen war, machte er eine überraschende Entdeckung: Kamilla war hier.

Er entdeckte sie an einem der Stehtische, die weiter entfernt aufgestellt worden waren. Unter einem breiten Sonnenschirm stand sie zusammen mit drei anderen Gästen und war damit beschäftigt, mit einer Heliumflasche Luftballons aufzublasen und mit Schnürchen zu versehen, an deren Ende bunte Papierherzen befestigt waren. Sie stand mit dem Rücken zu ihm, und erschrocken dachte er: Das darf um Himmels willen nicht wahr sein! Warum musste alles sich gegen ihn wenden, und das so plötzlich. Nein, es konnte nicht wahr sein, und vielleicht war es das ja auch nicht. Er musste sich geirrt haben. Die Frau stand mit dem Rücken zu ihm, sie trug ein knielanges Kleid und hatte die Haare hochgesteckt. Er bildete sich ein, sie an den Beinen zu erkennen, an den Haaren, an ihren Bewegungen, und dann war da noch die Kleinigkeit einer markanten Tätowierung, ein Teufelchen im Nacken. Aber wie viele Frauen hatten heutzutage ein kleines Teufelchen im Nacken tätowiert. Das konnte weiß Gott wer sein! Konnte es das? Die Widrigkeiten, die jüngst der Reihe nach bei ihm vorstellig geworden waren, ließen auf das Gegenteil schließen. Sie war es. Natürlich war sie es. Das Unwahrscheinliche war wahrscheinlich geworden, das hatte er bereits festgestellt. Warum erschreckte es ihn noch? Warum ließ er sich von so etwas noch aus der Fassung bringen, anstatt damit zu rechnen? Allerdings, und das war schon eine bedeutend sinnvollere Frage: Was hätte es geändert, wenn er damit gerechnet hätte? Er hätte den Auftrag nichtsdestoweniger angenommen. Die Überraschung wäre ausgeblieben, aber den Auftrag hätte er deswegen selbstverständlich nicht abgelehnt. Er wäre genauso hier gestanden, wie er in diesem Augenblick hier stand, hätte genau wie jetzt zusehen müssen, wie Kamilla an alle Hochzeitsgäste Ballons verteilte, die dann, wie er es schon mehrmals miterlebt hatte, vor Eröffnung der Tafel alle gleichzeitig in den Himmel gelassen würden. Ein sehenswertes Spektakel, das sogar eigens bei der Luftfahrtbehörde oder einer ähnlichen Stelle angemeldet werden musste, damit es zu keinen lebensgefährlichen Kollisionen mit Segelflugzeugen oder kleineren Propellermaschinen kam. Manchmal wurden statt Herzen auch kleine Briefchen mit der Wohnadresse des

Brautpaars angehängt, in der romantischen Hoffnung, wer immer so ein Briefchen fände, würde ein paar nette Worte schreiben und es an die Verheirateten zurückschicken. Je nach den Windverhältnissen konnten die Ballons sehr weite Strecken zurücklegen, bis über die Landesgrenzen hinaus, und von einem früheren Brautpaar, das er bei einer anderen Hochzeit wiedergetroffen hatte, war Leidegger berichtet worden, sie hätten ganze fünf Briefchen aus dem Ausland zurückbekommen, aus zwei verschiedenen Nachbarstaaten.

Jetzt kam sie auf ihn zu. Mit einem Ballon in der Hand, einem roten Ballon mit einem roten Herz daran. Träumte er? Stand er hier mit einer Sektflöte zwischen den Fingern und träumte? Nein. Unter den vielen Gästen, die sich jetzt auf dem Vorplatz vor den ehemaligen Schlossstallungen, die nunmehr für Hochzeiten und andere größere Veranstaltungen genutzt wurden, versammelt hatten, war sie für eine kurze Weile seinem Blick entschwunden. Er stand etwas abseits, aber nicht so weit, dass man ihn nicht zur Not als Teil der Gruppe hätte auffassen können. Zwei Meter neben ihm ein altes Ehepaar, das sich zum Ausruhen auf einer Sitzbank unter einem kleinen Baum niedergelassen hatte.

Sie blieb vor ihm stehen. In der Hand hielt sie das Herz, von dem der Luftballon in die Luft ragte, und blickte ihn an. Sie sagte nichts, blinzelte nur und wartete, bis er endlich das Herz entgegennahm. Er nahm es, ohne sie anzusehen. Und das war schon alles. Insgesamt keine wirklich auffällige Szene, auch wenn sie sich womöglich eine Spur länger bei ihm aufgehalten hatte, als streng genommen notwendig gewesen wäre. Länger jedenfalls als bei den anderen Gästen, die ebenfalls einen Luftballon mit Herz von ihr überreicht bekamen. Er wollte ihr nachblicken, tat es aber nicht. Diesen Fehler würde er nicht wiederholen. Er hielt sich zurück, obwohl es vermutlich egal gewesen wäre. Vermutlich? Wahrscheinlich?

Oder doch nur vielleicht? Mit etwas Glück würde er die Antwort darauf nie erfahren. Natürlich erfuhr er sie. Nicht sofort, aber am nächsten Tag.

»Du hast gar nicht gesagt, dass *sie* auch auf der Hochzeit war«, hörte er Martina am darauffolgenden Abend sagen, nachdem sie gerade fertig gegessen hatten und Selina schon vom Tisch aufgestanden und nach oben in ihr Zimmer gegangen war. Völlig unvermutet, aus dem sogenannten heiteren Himmel, war der Satz zwischen ihren Lippen herausgerutscht, während sie für das bevorstehende Tischabräumen Selinas Teller auf ihren stellte und Besteck und Servietten darauflegte. Dass Leidegger sich vor Schreck die Gabel nicht statt in den Mund in die Nase hineinsteckte, konnte sich nur daraus erklären, dass keine Gabel mehr in seiner Hand war. Selbstverständlich musste es so kommen. Selbstverständlich musste, sobald man ein einziges Mal durch Zufall unter anderen Menschen mit der heimlichen Geliebten zusammentraf, die Ehefrau davon Wind bekommen. Wie hätte es auch anders sein können. Wenn das Vielleicht zum Wahrscheinlichen wurde, dann wurde aus dem Wahrscheinlichen das Gewisse, der mit Sicherheit eintretende Fall. Immer diese elende Vorhersehbarkeit! Immer dieses Ich-wusste-dass-das-passieren-Würde! Die Gabel, sofort her mit der Gabel! Irgendetwas anstellen mit dieser Gabel, das nicht schon vorherbestimmt war! Etwas ganz und gar Unwahrscheinliches! In den Oberschenkel damit, in die Kniekehle! Was für eine Erleichterung müsste es sein, endlich das Nichtvorhergesehene zu erleben. Es endlich jemandem zeigen! Die Geschichte anders erzählen!

»Warum hätte ich es dir sagen sollen?«, antwortete er und befand, das Antworten sei ihm recht sauber geglückt. Nichts, glaubte er, sprach aus seiner Stimme heraus, kein Schrecken, kein Ärger, keine Ertapptheit. Nur nicht lügen, nur nicht lügen müssen, dachte er.

»Nur so«, sagte sie. »Oder vielleicht deshalb, damit ich nicht glaube, es gibt einen Grund, warum du es nicht gesagt hast.«

Er schwieg.

»Sieht sie eigentlich noch aus wie früher? Läuft sie immer noch mit lila Fingernägeln herum? Ist sie immer noch so gertenschlank oder hat eine Mutterschaft ihr zugesetzt?«

Er schwieg. Sie sah ihn an. Ihr Gesicht war eine einzige Provokation. Gäbe es ein Bildwörterbuch für abstrakte Begriffe, hätte man ein Foto von Martinas Gesicht in genau diesem Moment schießen und es neben dem Eintrag »Provokation« platzieren können, und alle, die dieses Wörterbuch benutzten, hätten auf Anhieb eine glasklare Vorstellung, was unter dem Begriff zu verstehen sei. Ihre Augenbrauen, die Mundwinkel, die Stirnfalten, da zeigte es sich in erster Linie. Eine Sekunde lang war Leidegger völlig fasziniert davon, wie wenig es brauchte, um ein normales Gesicht in ein ausdrucksstarkes, womöglich sogar folgenschweres Gesicht zu verwandeln. Wie bei den Wörtern, bei denen nur ein einziger veränderter Buchstabe eine vollkommen andere Bedeutung bewirkte, konnte das kurze Zucken oder Anheben einer Augenbraue alles verändern. Ein ganzes Leben, wenn es darauf ankam! Nichts an dieser Erkenntnis war freilich neu, alle wussten das und bedienten sich ständig und mit großer Selbstverständlichkeit dieser kleinen Mittel mit enormer Sprengkraft, er selbst genauso wie Martina. Trotzdem traf es ihn in der Situation wie ein Schlag, und er spürte, wie ihn die Gesichtsmuskeln zu jucken begannen. Was hatte sein eigenes Gesicht womöglich schon alles zum Ausdruck gebracht, ohne seinen geschätzten Träger darüber in Kenntnis zu setzen? Wie viel hatte es schon verraten?

»Es wäre dir also lieber gewesen, ich hätte es dir erzählt?«

»Ja. Oder nein, ja.«

»Also ja«, sagte er.

»Ich weiß es doch selbst nicht!«

»Was wäre anders gewesen?«

»Ich hätte es nicht von jemand anderem erfahren müssen.«

»Von wem?«

»Spielt das eine Rolle?«

»Also schön, sie war da.«

»Und sie hat dir ihr Herz geschenkt.«

»Wie bitte?«

Er musste sich verhört haben.

»Sie hat dir ein Herz geschenkt.«

»Ja.«

»Hast du es noch?«

»Was?«

»Ihr Herz?«

»Ob ich noch ihr Herz habe?«, sagte er und konnte nicht fassen, was soeben gesprochen wurde. Konnte man es sich noch melodramatischer wünschen? Ging es noch abgeschmackter? Jetzt fiel es ihm ein: Hier wurde ein Film gedreht. Schon wieder ein Film. Aber nicht gedreht wurde er, bloß gezeigt. Würde der Film erst gedreht werden, könnten noch Änderungen vorgenommen, die Handlung beeinflusst, der Ausgang umgeschrieben werden. Aber hier war nichts mehr zu ändern. Nur zusehen durfte er, und an der Tölpelhaftigkeit der Figuren Anteil nehmen. Besonders an der Hauptfigur, ihm selbst. Schweigend oder lachend, fremdschämend oder mitfühlend durfte man beobachten, wie der Antiheld dieser niveaulosen Komödie von einem Übel ins nächste schlitterte, kein Fettnäpfchen ausließ, wie eine Flipperkugel hin und her geworfen wurde in diesem Theater der Zustößigkeiten und immer näher und zielsicherer dem vermutlich drastischen Ende entgegentaumelte. Wer zum Teufel war der Regisseur dieses billigen Dramas? Wenn er den in die Finger kriegte!

Ihm die lächerlich überteuerte Designerbrille von der Nase rupfen und sie ihm in den Schädel pflanzen, dass ihm Hören und Sehen verging! Und ihn mitsamt seiner Klischeepeinlichkeit von einem Klappstuhl davonjagen, zusammen mit der geistlosen Person, die das Drehbuch dazu verbrochen hatte. Ob er noch ihr Herz hatte, im Ernst?

»Nein, es ist in den Himmel aufgestiegen, zusammen mit ungefähr hundert anderen«, sagte er und sann darüber nach, ob dem noch etwas hinzuzufügen oder ob damit alles gesagt war. Was konnte er noch sagen, um den Verdacht möglichst gering zu halten? Es fiel ihm nichts ein. Und wie immer, wenn Leidegger nichts mehr einfiel, ging er in den Garten.

Während er ging und dabei, wie er es so gern tat, mit den Zehen durchs Gras strich, holten ihn wieder die Gedanken ein. Er wollte nicht denken, ihm war dieses ewige Denken verhasst. Er sagte es sich vor: Denk nicht daran, denk einfach nicht daran. Aber das Gedankenabschütteln zählte nicht zu Leideggers Stärken. Mitunter legte er einen brauchbaren Start hin, konnte einen Moment lang den einen oder anderen Gedanken abhängen, den er bereits hinter sich schnaufen hörte, aber wie schon in Schulzeiten auf der Aschenbahn dauerte es nicht lang, bis er Schritt für Schritt eingeholt war und nur mehr den aufgewirbelten Staub fressen durfte. Ganz gleich, welche Energien er entfesselte, wie viel Kraft er aufwandte, die galoppierenden Gedanken gingen jedes Mal als Sieger hervor, so war es schon immer gewesen. Wie war diese Äußerung »Sie hat dir ihr Herz geschenkt« denn nun zu interpretieren? Was und wie viel wusste Martina? Wer hatte es ihr erzählt? Wer hatte die Szene beobachtet? Es konnte jeder gewesen sein. Nein, das auch wieder nicht, zum Beispiel die Brautleute nicht. Der alte Bekannte, mit dem er kurz am Stehtisch gestanden war, kam gleichfalls nicht infrage. Wer also, wer hatte geplaudert, und was? Er stellte es sich vor: Kamilla hatte einer Person, die mit beiden Frauen bekannt war, ihr kleines Geheimnis anvertraut: »Ich habe ein Verhältnis mit einem verheirateten Mann.« Diese Person war als Gast auf der Hochzeit gewesen, hatte die Herz-Luftballon-Szene beobachtet, die sich etwas länger hingezogen hatte als eigentlich nötig, und vielleicht noch etwas anderes, eine Geste, eine Bewegung, einen Gesichtsausdruck, etwas, das Leidegger von seinem eigenen Gesicht angetan worden war, und diese Person hatte eins und eins zusammengezählt und es Martina gesagt. Oder nicht die Person selbst, sondern Martina hatte eins und eins zusammengezählt oder würde es noch tun. Ja, es stand für ihn außer Zweifel, dass sie es noch tun würde, und wieder einmal stellte sich nicht die Frage nach dem Ob, sondern nach dem Wann. Auf einmal hing für Leidegger alles davon ab herauszufinden, wer die ihn verratende Person war. Alles, so schien es ihm plötzlich, stand und fiel mit der Entlarvung dieser Person. Wenn er nur herausfinden könnte, wer gepetzt hatte, dann – ja, was dann? Er könnte Rückschlüsse ziehen, Mutmaßungen anstellen, Wahrscheinlichkeiten ausloten, ausgehend vom Grad der Bekanntschaft mit Martina. Brauchte es Freundschaft für einen solchen Verrat oder genügte eine gute Bekanntschaft? Was für abstrakte Begriffe das waren! Er wünschte nicht das Abstrakte, sondern das Konkrete. Dazu die Abstufungen: Wie sehr bekannt? Wenig bekannt, mittelmäßig bekannt, besser bekannt, gut bekannt. Eine gute Bekannte oder doch eher eine Freundin? Keine gute Freundin, aber eine ausreichend gute? Eine Freundin Kamillas, aber nur eine Bekannte von Martina? Oder umgekehrt? Ein Wörterbuch, bitte, nur ein Wörterbuch konnte noch helfen. Dann schoss es ihm ein: Das Gruppenfoto! Sofort glaubte er, die Lösung gefunden zu haben, er brauchte sich bloß das Gruppenfoto anzusehen. In aller Ruhe, vergrößert auf dem Computerbildschirm, das Gruppenfoto studieren, dann würde alles sich klären. Die Ratte herausfischen! Den Maulwurf entlarven! Und wozu? Das Geschehene war bereits gesehen, das Gesehene bereits erzählt worden. Was änderte das Wissen, wer es gesehen, wer davon erzählt hatte? Es änderte nichts. Wie so häufig nach hirnpeinigendem Sinnieren musste er feststellen, dass er völlig umsonst sinniert hatte.

Jähzornig stampfte er in den Rasen. Das Leid, das ihn quälte, war zu hundert Prozent selbst verschuldet, das war klar. Niemand hatte ihn zu der Affäre gezwungen, folglich waren auch alle anderen damit verbundenen Gefühle selbst verschuldet. Immerhin diese Erkenntnis war ihm nicht verborgen geblieben. Doch ganz gleich, gegen wen sein Ärger sich richtete, ob gegen sich selbst, gegen eine andere Person oder das Schicksal, er blieb stets gleich real, erbarmungslos real. Jetzt fiel ihm ein, wie er vor vielen Jahren einmal an ähnlicher Stelle im Garten gestanden war und aus einem ähnlichen Ärger heraus eine Mulde im Rasen fabriziert hatte, und dass diese Mulde noch heute zu sehen war. Er stand fast direkt daneben. Der Anlass des Stampfens war damals wie heute derselbe: Kamilla. Vor elf Jahren, kurz nachdem Selina auf die Welt gekommen war, hatte eine kurze, banale Textnachricht mit dem Kürzel K. für Kamilla, die Martina auf seinem Handy entdeckt hatte, beinahe zur Eheauflösung geführt. Ein Glückwünsch zur Geburt seines Kindes, eine harmlos anmutende Aneinanderreihung von Buchstaben, die um ein Haar sein noch junges Familienglück zerstört hätte. Er sah zu der Mulde hinunter und musste lachen: Sie war die ganze Zeit da! Sie würde immer da sein!

Diese Erkenntnis erschreckte ihn. Und wie so oft, wenn ein innerer Schrecken ihn quälte, wollte er Zuflucht im Rasenmähen suchen. Zielbewusst stapfte er in den hinteren Gartenbereich zu dem Werkzeugschuppen, in dem sich der Rasenmäher befand, eingeparkt in einer kleinen Nische.

Der Anblick bedrückte Leidegger plötzlich. Er musste daran denken, wie viel Zeit und Mühe er darauf verwendet hatte, diesem Heiligtum der Kleingartenbesitzer einen eigenen Miniaturtempel zu bauen. Er mochte das Rasenmähen, hatte immer gern Rasen gemäht, deshalb unter anderem nämlich, weil – große Offenbarung – nur Rasenmähen konnte, wer einen Rasen besaß. Den eigenen Rasen mit dem eigenen Rasenmäher mähen, wer träumte nicht davon? Mit Lächeln dachte er an die Zeit zurück, da er noch als Angestellter im Großraumbüro gehockt war und mit Genugtuung neben den Kolleginnen und Kollegen, die allesamt in der Stadt wohnten, regelmäßig die Wörter Haus, Garten, Rasen und Rasenmähen aus seinem Mund hatte herauspurzeln lassen. »Puh, heute noch Rasenmähen«, hatte er häufig nach Arbeitsschluss vor sich hin gebrummelt, leise, aber laut genug, damit die anderen es hörten, mit dem geheuchelten Selbstmitleid desjenigen, den bei der Heimkehr aus dem Bürostumpfsinn nicht die stickige Luft einer Stadtwohnung, sondern das leuchtende Grün eines Rasens begrüßte. Natürlich liebte Leidegger nach wie vor seinen Rasen, aber es war jetzt wieder ein Rasen, der auf dem Spiel stand, von ihm selbst aufs Spiel gesetzt.

Musste dieser Rasen übrigens überhaupt gemäht werden? Die Zehen sagten nein. In der Regel ließ er seine Zehen darüber entscheiden, ob gemäht werden musste. Blieben beim Durchstreichen der Füße die Grashalme in den Zehenzwischenräumen hängen: mähen, kein Hängenbleiben: nicht mähen. Da er allerdings nicht aus Notwendigkeit nach hinten zum Rasenmäher gegangen war, sondern weil ihn dringend nach Ablenkung verlangte, entschied er sich, sicherheitshalber auf das Rasenmähen zu verzichten. Jetzt mit Mähen anfangen, und sie wird Verdacht schöpfen, dachte er. Genauer gesagt, nicht schöpfen, denn geschöpft hatte sie ja bereits, sondern es würde diesen Verdacht noch zusätzlich erhärten.

Einen solchen Verdacht wollte er nicht, zusammen mit den Grasschnipseln, um sich herum ausstreuen. Wie oft hatte er nach einem Streit oder sonst einer unschönen Familienszene zur Beruhigung den Rasen gemäht? Oft, sehr oft, praktisch jedes Mal, kam es ihm jetzt vor. Was würde Martina denken, wenn er nach ihrem kleinen Geplänkel sofort wieder zu seinem einzigen Freund, seinem einzig wahren Freund lief, dem Rasenmäher? Ah, er mäht, er muss sich beruhigen, folglich muss es doch etwas auf sich haben mit dieser Frau, dieser ewigen Frau, seiner verfluchten Jugendliebe, würde sie denken, und richtigerweise denken. Auf keinen Fall mähen! Sofort raus aus diesem Schuppen! Die Entscheidung wurde ihm zusätzlich erleichtert, als ihm einfiel, dass er vergessen hatte, in die Gartenschuhe zu schlüpfen. Barfuß nämlich mähte er nicht mehr, seit ihm einmal das Gerücht zu Ohren gekommen war, ein im Ort ansässiger Gartenbesitzer habe sich die eigenen Zehen abgemäht, weil er die Nachlässigkeit begangen hatte, sich keine Schuhe anzuziehen. Weil Leidegger in letzter Zeit fortwährend Unangenehmes zustieß, er seine Zehen aber gern behalten mochte, verließ er den Schuppen. Er ging nach vorn zum äußeren Wasseranschluss und befüllte die Gießkanne. Gegossen werden musste, und auch wenn ihm in seiner weit vorangeschrittenen Verängstigung das beruhigende Rasenmähen nicht mehr vorbehaltlos möglich war, gegen die Pflanzenbewässerung konnten von niemandem Verdachtsmomente vorgebracht werden.

5

Immer näher rückte Kamilla jetzt an sein Hauptleben heran. Sie waren im Supermarkt, um fürs Wochenende einzukaufen, da entdeckte er sie. Es war Freitagnachmittag, und Leidegger war zur gewohnten Zeit nach Hause gekommen. Sie hatten zusammen Kaffee getrunken und alle ein Stück von dem Apfelkuchen gegessen, den Martina nach der Geburtstagsfeier einer Kollegin von der Arbeit nach Hause mitgebracht hatte, dann waren sie aufgebrochen. Eigentlich ging die Familie selten gemeinsam zum Einkaufen und fast nie in diesen Supermarkt. Was dringend gebraucht wurde, besorgte Leidegger oft zwischendurch, und was gekühlt werden musste, kaufte Martina meist auf dem Rückweg von der Arbeit in der kleinen Filiale direkt im Ort. Da übers Wochenende jedoch eine Freundin von Selina zu Besuch kam, war Martina auf die Idee verfallen, abends zu grillen, und dafür musste mehr als sonst eingekauft werden. Der riesige Supermarkt lag in einem Einkaufszentrum in der Bezirkshauptstadt, weshalb sich mit dem Großeinkauf an Nahrungsmitteln auch andere Besorgungen verbinden ließen. Selina brauchte neue Hausschuhe für die Schule, einige Farbstifte und einen Zeichenblock, und Martina wollte sich nach einem neuen Wasserkocher umsehen. Etwas mehr als eine Stunde verbrachten sie in dem Einkaufszentrum, nachdem sie, wie es meistens der Fall war, auch noch in einigen anderen Geschäften gewesen waren, obwohl sie gar nichts brauchten von den Dingen, die dort verkauft wurden. Danach gingen sie ans andere Ende des u-förmig angelegten Shoppingparadieses in den überdimensionalen Supermarkt. Hätte Leidegger geahnt, was ihn als Höhepunkt der Einkaufstour erwartete, hätte er sich vehement gegen jegliches Verbinden mit anderen Besorgungen ausgesprochen und wäre allein losgezogen.

Obwohl Leidegger kein Freund des Grillens war und im Umgang mit Kohle und Feuer, Koteletts und Würstchen kein besonderes Geschick an den Tag legte, war immer er es, der, wenn es denn dazu kam, hinter dem Grill Aufstellung beziehen musste. Damit nicht genug, musste er alles Nötige auch noch selbst besorgen, das Fleisch, die Kartoffeln, den Mais, Kohle, Alufolie, Soßen und so weiter. Sofort wurde ihm die Aussicht auf seine morgige Betätigung als Grillmeister noch übler verleidet: Wäre er nicht ungefragt zum Grillen verpflichtet worden, wäre er nie zusammen mit seiner Familie im selben Supermarkt gelandet wie Kamilla! Der einzige Vorteil, sofern man das als Vorteil bezeichnen konnte, bestand darin, dass Ehefrau und Tochter ihn allein mit einem Einkaufswagen losgeschickt hatten, während sie ihr eigenes Wägelchen getrennt von ihm durch die Gänge schoben.

Er entdeckte Kamilla an der langen Theke für Fleisch, Wurst und Käse. Ihr Haar war es, das er als Erstes wiedererkannte, Farbe und Frisur. Dann ihre Bewegungen, und erst verzögert, da sie davor von den Haaren verdeckt gewesen war, die Tätowierung im Nacken. Sie nahm Wurstaufschnitt oder Faschiertes entgegen, der Menge nach zu urteilen eher Faschiertes, sowie einen großen Keil Parmesan. Beides deponierte sie in ihrem Einkaufswagen, hatte schon beide Hände am Griff und setzte zur Weiterfahrt an. Der nächste Moment war entscheidend: Würde sie sich links herumdrehen und in diese Richtung weiterfahren, hätte er nichts zu befürchten, in jeder anderen Richtung hätte sie ihn direkt im Blickfeld. Ehe er wusste, wie ihm geschah, hatte Leidegger eine Packung Frühstücksflocken als Gesicht. Er hüpfte nicht zur Seite oder wechselte den Gang, sondern verbarg sich hinter einem Konsumgut. So haarsträubend tief war er bereits in die Blödsinnigkeit abgesunken, dass er glaubte, eine Packung Frühstücksflocken als Gesicht sei weniger auffällig als ein Gesicht als Gesicht. Hätte er sich vor den Regalen mit den Toilettenartikeln befunden, wäre sein Kopf wahrscheinlich zu Klopapier- oder Küchenrollen mutiert oder, noch besser, einem verhüllten Baby-Popo, wenn ihm nichts Passenderes als eine Packung Windeln in die Hände gekommen wäre. Gab es Supermarkt-Clowns? So wie Clowns in Krankenhäusern beispielsweise? Falls ja, konnte er sich gleich bei der Geschäftsführung melden. Als ihm endlich bewusst wurde, mit seiner behelfsmäßigen Maskierung als Einkaufsware im besten Fall zu erreichen, dass neben Kamilla auch andere im Supermarkt auf ihn aufmerksam wurden, ließ er die Packung in den Einkaufswagen fallen, wandte sich um und wechselte den Gang.

Wie der restliche Einkauf sich von jetzt an gestalten würde, mochte er sich gar nicht erst ausmalen. Gewiss war, dass er zur Beschaffung dessen, was auf seiner Liste vermerkt war, eine Art Blickspießrutenlauf würde absolvieren müssen, um nicht von Kamilla entdeckt zu werden. Welche Regalreihen sie wohl noch abzuarbeiten hatte? Stets darauf bedacht, nicht in demselben Gang zu landen wie sie, würde er kaum die Hälfte von dem beschaffen können, was er für morgen einzukaufen geplant hatte. Vermutlich würde er dafür durch jeden einzelnen verdammten Gang gondeln müssen. Wie er sich kannte, würde er vor und sogar während der Besorgung eines Produkts Blicke in alle Richtungen werfen, um nach Möglichkeit sicherzustellen, nach dem Griff ins Regal keine unangenehme Überraschung zu erleben. Generell konnte Leidegger Überraschungen nicht ausstehen, und in seiner aktuellen Lage missfiel ihm am meisten die Vorstellung, etwas, das sich aus den Augenwinkeln zum Beispiel noch als ein hoch aufgetürmter Stapel Getränkedosen oder als Zeitschriftenständer dargestellt hatte, beim neuerlichen Heben des Blicks zu Kamilla geworden wäre. Wie sehr wünschte er sich ein Periskop oder einen Teleskopspiegel! Jedes Mal, bevor er um eine Ecke bog, würde er eines dieser Spionageinstrumente zum Einsatz bringen, um zu prüfen, ob die Luft rein war. Obwohl Leidegger an kindischen Detektivspielen stets seinen Gefallen fand, änderte das nichts an seiner Lage. Im Gegenteil, das Einzige, was er bislang vorzuweisen hatte, war ein Einkaufswagen mit einer Packung Frühstücksflocken, die keiner brauchte. Niemand aus der Familie aß Cerealien! Schon malte er sich aus, was Martina für Augen machte, wenn sie bald mit ihren Wagen aufeinanderträfen. Natürlich würde sie wissen wollen, warum zum Teufel er nichts für das Grillen besorgt hatte, und was sollte er darauf antworten? Seine Angst davor, lügen zu müssen – und ohne Lüge würde er in diesem Fall nicht auskommen –, übertrumpfte instinktiv die Angst vor dem Entdecktwerden, woraufhin er zu einer rasenden Fahrt durch die Regalreihen ansetzte. Seine Vorstellung war jetzt, so schnell durch die Gänge zu flitzen, damit die normale Sehkraft eines Menschen nicht ausreichte, um ihn zu identifizieren. Es erinnerte ihn an das Spiel seiner Kindheit, als er noch halb ernsthaft geglaubt hatte, er würde bei Regen nicht nass werden, wenn er nur schnell genug rannte, weil dann die Regentropfen keine Gelegenheit hätten, seinen Körper zu treffen. Jahrzehnte später fand er sich nun abermals in diesem Spiel wieder, nur ging es diesmal nicht um harmlose Regentropfen, sondern um Blicke. Blicke, die über die Zukunft seiner Ehe entscheiden konnten.

Trotzdem vergaß er nicht den eigentlichen Zweck seines Rasens, die Befüllung des Einkaufswagens. Noch nie hatte er so schnell Waren in einen Einkaufswagen geladen! Tatsächlich war es ihm geglückt, Kamilla kein zweites Mal zu begegnen. Möglicherweise hatte sie ihren Einkauf bereits beendet und den Supermarkt verlassen. Möglicherweise aber stand sie just in diesem Augenblick neben Martina am Kühlregal oder ließ sich vor ihr in der Schlange vor der Backstube ein Brot geben. Und er wüsste es nicht! Gerade spielten sich womöglich die dramatischsten Szenen ab – außerhalb seines Erfahrungsbereichs. Aber musste er es denn eigentlich erfahren? Wäre es seiner Gemütsverfassung nicht zuträglicher, wenn er es gar nicht erst mitbekäme? Zwei Frauen begegnen einander vor einem Regal im Supermarkt, was ging das ihn an? Wenn er selbst nicht zugegen war, was sollte passieren? Solange keine Begegnung zu dritt stattfand, konnten weder er noch Kamilla sich durch Erschrecken, Nervosität oder ähnlich auffälliges Verhalten verraten. Trotzdem, er musste es wissen. Als Folge dieser Überlegungen verkehrte sich urplötzlich das Spiel. Hatte er gerade noch alles darangesetzt, Kamilla nicht über den Weg zu laufen, machte er sich jetzt mit derselben Verbissenheit auf die Suche nach ihr. Dass nichts von dem, was er in diesem Supermarkt veranstaltete, noch den geringsten Sinn ergab, wusste Leidegger. Aber änderte es etwas? Es änderte nichts.

Er entdeckte sie vor dem Weinregal. Den halben Supermarkt hatte er ablaufen müssen, bevor er sie endlich fand, und es konnte nur mit der absurden Größe dieser Einkaufshölle zu erklären sein, weshalb er in seinem sinnlosen Umherflitzen nicht längst gegen Martina oder Selina gekracht war. Gut verborgen hinter einem Regal mit Mixern, Kaffeevollautomaten, Mikrowellenherden und Fernsehern – was man hier alles kaufen konnte! – beobachtete er, wie sie langsam vor dem Weinsortiment auf und ab ging, Flaschen herausnahm, sie in der Hand wog, die Etiketten studierte und sie wieder zurückstellte. Interessierte sie sich für Wein? Sie tranken nie Wein, wenn er bei ihr war, und er hatte auch nie Weinflaschen bei ihr stehen sehen. Im selben Moment wurde ihm bewusst, wie unsinnig der Zusammenhang war, den er hier herzustellen versuchte, und wie wenig er im Grunde über sie wusste. Sie tranken keinen Wein zusammen, weil Leidegger in der Regel nur bei größeren Anlässen Alkohol konsumierte und mittags fast nie. Trank sie allein? Kämpfte sie mit einem Alkoholproblem, von dem er nichts ahnte? Obgleich dies keineswegs die naheliegendste Vermutung war, empfand Leidegger vor diesem Bild plötzlich eine himmelschreiende Barmherzigkeit: eine alleinstehende Frau, die für sich allein Wein einkauft. Am liebsten wäre er auf der Stelle zu ihr hingerannt und hätte einen Blick in ihren Einkaufswagen geworfen, um anhand der Menge des von ihr Eingeladenen festzustellen, ob seine Vorstellung mit der Wirklichkeit übereinstimmen konnte oder ob sie für mehr als eine Person einkaufte. Da er das begreiflicherweise nicht tun konnte, blieb ihm wieder einmal nur die Vorstellung. Wie egoistisch er die letzten Monate ihr gegenüber gewesen war! Nie hatte er sich ernsthaft dafür interessiert, wie es um ihr Privatleben, ihr Hauptleben, ihr Seelenleben bestellt war. Was sie tat, wenn er gerade nicht bei ihr war. Wie genau ihr Arbeitsleben aussah. Er wusste, dass sie sich ihre Arbeitszeit relativ frei einteilen konnte und an den Tagen, an denen er sie besuchte, nur vormittags in der Firma war. Aber er wusste nicht, wie sie sich die Arbeit tatsächlich einteilte. Ob sie spätabends oder sogar nachts eine Arbeitsschicht einlegte. Oder wie sie ihre Freizeit verbrachte. Ob sie Hobbys hatte, ob sie sich sportlich betätigte, ob sie Yoga, Zumba, Qigong, Pilates oder Meditation betrieb. Sie erzählten beide nicht viel von sich, doch das bedeutete keineswegs, dass er nicht fragen, sich nicht für sie interessieren durfte. Vermutlich war das ein Schutzmechanismus, eine Sperre, die sie unbewusst vorgeschoben hatten, um nicht wachsen zu lassen, was nicht wachsen durfte. Er wusste nicht, ob sie Freunde hatte, einen großen Freundeskreis vielleicht sogar, der sie für das Alleinleben entschädigte, ob sie neben ihm noch andere Männer traf, ob sie auf Partnerbörsen unterwegs war, eine Familie gründen, Kinder haben wollte, oder ob sie in ihrem Singledasein zufrieden war. Es sei in Ordnung, wie es sei, hatte sie einmal nebenbei erwähnt, aber ob sie das wirklich ehrlich meinte, konnte Leidegger selbstverständlich nicht wissen. In Ordnung bedeutete noch lange nicht glücklich, so viel war klar. Wie war das übrigens bei ihm selbst? Würde er sich als glücklich bezeichnen oder war sein Familienleben bloß in Ordnung? Und war in Ordnung nicht mehr als genug, zumindest mehr, als viele andere hatten? Und warum musste er sich das gerade jetzt fragen, in diesem Supermarkt, in der höchsten Gefahr einer Entlarvung? Warum konnte die Schaltzentrale quälender Gedanken damit nicht warten, bis er draußen am Auto stand, sondern musste ihn ausgerechnet in diesem Moment mit der Ausschüttung von Fragen, Zweifeln, Ab- und Erwägungen zusetzen? Was war mit dem Selbsterhaltungstrieb? Nun, den hatte er selbst ausgeschaltet, indem er nicht mehr vor ihr davon-, sondern ihr hinterhergelaufen war. Stand er hier allen Ernstes und ließ sich von der Frage zermürben, ob ein Leben mit Kamilla ein ›glückliches‹ Leben wäre, während sein Leben mit Martina vielleicht nur als ›in Ordnung‹ einzustufen war? Stellte er sich wirklich diese abgeschmackte Frage? Was für ein alter Hut, was für ein Kitsch! Seit es das Konzept der Ehe gab, gab es den Ehebruch, und mit ihm die Vorstellung von einem anderen, besseren, glücklicheren Leben – beides keine neuen Erfindungen. Wieder einmal wurde Leidegger unerfreulich bewusst, dass er lediglich Ängste und Sorgen wiederkäute, die so alt und bekannt waren, dass man sie eigentlich für fertiggekaut halten musste. Aber das waren sie nicht. Alles wiederholte sich, alles musste immer von Neuem gefressen und verdaut und danach wiedergekäut werden, bis andere mit Fressen dranwaren. Wo blieb da der Fortschritt? Wozu wurden Sexualitäts- und Familienforschung betrieben, wenn die Ergebnisse daraus nie bis ins alltägliche Leben vordrangen? In Wirklichkeit empfand Leidegger hinsichtlich seines Ehebruchs gar keine so große Schuld. Schwindende Geschlechtslust stellte einen entscheidenden Unsicherheitsfaktor in langjährigen Paarbeziehungen dar, diese Tatsache war weithin bekannt, ein ziemliches häufiges und natürliches Phänomen. Wenn aus einer Liebesbeziehung eine Alltagsbeziehung mit Kind wurde, konnte sich das ungleiche Verlangen der jeweiligen Partner zu einem ernsthaften Problem auswachsen. Aus dem empirischen Blickwinkel betrachtet tat Leidegger nichts anderes, als seine Ehe zu retten. Selbstverständlich plagten ihn auch Gewissensbisse, aber nur selten; seltener zumindest, als er es bei sich selbst vermutet hätte. Die Statistik sprach für den Ehebruch.

Wie auf Bestellung fuhr Martina neben ihm ein.

»Was stehst du da so herum?«, fragte sie und schielte wirklich in seinen Einkaufswagen. Nicht auszuschließen, dass sie bemerkt hatte, worauf – auf wen – seine Augen gerichtet waren.

»Ist irgendwas?«, wollte sie wissen.

»Was sollte sein?«

»Du schaust so … Und du hast Frühstücksflocken eingeladen.«

In seiner rasenden Verwirrung hatte er vergessen, sie zurück ins Regal zu stellen, und es fiel ihm nichts anderes ein, als zu sagen:

»Ich hasse diesen Supermarkt. Nie finde ich etwas!«

»Ich mag ihn auch nicht besonders«, sagte Martina, »viel zu groß und unübersichtlich. Selina wollte nur noch schnell was für sich und ihre Freundin besorgen, dann sind wir fertig. Wir treffen uns an der Kassa. Und vergiss nicht den Rest auf der Einkaufsliste und vor allem nicht die Grillgewürze.«

Die Grillgewürze. Allein das Wort widerte ihn an, Grillgewürze. Was hatten Grillgewürze mit seinem aktuellen Problem zu tun? Er grillte ja nicht einmal freiwillig! Ginge es nach ihm, durfte das häusliche Grillen gern von der Feuerwehr aus sicherheitstechnischen Gründen mit einem Generalverbot belegt werden. Der Gestank und die teils massive Rauchentwicklung mussten doch als Hausfriedensbruch durchgehen, was wiederum ein Fall für die Polizei wäre. Vermutlich aber waren die Feuerwehrleute und Polizisten selbst leidenschaftliche Grillanhänger und würden sich, wenn sie gerufen wurden, von dem Duft nach Feuer, Kohle und Fleisch wahrscheinlich animalisch benebeln lassen und, anstatt eine Verwarnung auszusprechen, um ein Kotelett oder Würstchen betteln. Diese ewigen grillenden Männer! Kaum pressten sich die ersten Sonnenstrahlen aus dem milden Frühlingshimmel, wurden die Grills aus ihren Löchern gelockt. Wie Familienmitglieder, die den Winter schlafend verbrachten, wurden sie von Männern zärtlich geweckt und an ein schattiges, vielleicht sogar eigens für sie gepflastertes Plätzchen gestellt. Sogar auf den Balkonen der Mietshäuser wurde heutzutage gegrillt, das hatte er in den letzten Jahren mehrmals im Vorbeifahren beobachtet. Und immer verwandelten sich diese Männer in seiner Vorstellung in behaarte, mit Tierfellen bekleidete Urzeitmenschen und die Grillgabeln in Keulen, an denen noch das Blut des erlegten Wildschweins klebte. Über dem Feuer Fleisch genießbar machen – wahrscheinlich wollten sie von ihren Frauen dafür sogar noch gelobt werden. Schönes Feuer, großes Feuer, guter Mann! Zu dem Regal mit den Gewürzen mochte Leidegger gar nicht mehr gehen, weil er nicht für so einen urzeitlichen Grillmenschen gehalten werden wollte.

Als der Einkauf endlich absolviert und alles ins Auto geladen war, brach eine haarsträubende Erschöpfung über ihn herein. Nie hätte er gedacht, ein banaler Wochenendeinkauf könne ihn geistig dermaßen zermürben. Gleichzeitig konnte er sein Glück nicht fassen. Zu seinem Unglück hatten sich Kamilla und Martina zur selben Zeit am selben Ort aufgehalten. Und als Glück im Unglück waren sie einander nicht über den Weg gelaufen. Er wusste schon wieder nicht mehr, wie ihm geschah. War das nun Glück oder Unglück? Ein Werbespruch fiel ihm ein: »Glaub an dein Glück.« Sofort machte Leidegger daraus in Gedanken: Glaub an dein Unglück. Es war ein Werbespruch für eine Lotterie. Zweimal die Woche glaubten Hunderttausende an ihr Glück und bekamen es nicht. Aber hörten sie deshalb auf mit dem Glauben? Offenbar nicht, sonst gäbe es keine Lotterie mehr. Wäre es dann nicht zielführender, anstatt an das Glück an das Unglück zu glauben, damit es heißen konnte: Zweimal die Woche glaubten Hunderttausende an ihr Unglück und bekamen es nicht. Ja, aber dafür das Glück! Kurz vermeinte Leidegger, wieder einmal einem großen Mysterium auf die Schliche gekommen zu sein und stellte sich vor, demnächst bei einer Lotterieannahmestelle ein Los zu kaufen und schon während des Kaufvorgangs fest an sein Unglück zu glauben. Vor ihm in der Schlange würden andere Leute stehen, die noch immer nichts begriffen hatten und weiter naiv an ihr Glück glaubten, und dahinter er, der den Gewinn praktisch schon in der Tasche hatte. Weshalb man ihm das Preisgeld nicht auf der Stelle ausbezahlte, war nur damit zu erklären, dass die Glücksgläubigen mit ihren naiven Käufen ja erst den Pott füllen mussten. Aber natürlich würde das nicht geschehen, sondern keiner von ihnen würde das Geld gewinnen. Welchen Slogan sollte er denn nun für sich auswählen, wenn es letztlich auf ein und dasselbe hinauslief, den mit dem Glück oder den mit dem Unglück? Vor lauter Hirnverdrehung wusste er für einen Moment nicht, ob das linke oder das rechte Pedal das zum Gasgeben war.

Während der Fahrt brauchte er kaum zu sprechen, weil Mutter und Tochter sich über die Fernsehserie unterhielten, die sie sich frühabends ansahen und die er nur gelegentlich, wenn ihm sonst nichts zu tun einfiel oder er ausdrücklich dazu eingeladen wurde, mitschaute. Er hörte sie sprechen, aber nicht, was sie sagten, nur einzelne Wörter, die ihm in ihrer Zusammenhanglosigkeit wohltaten. Er ließ sich berieseln und stellte fest, wie gut es ihm tat, ihre Stimmen zu hören, mit denen sie die Luft um ihn herum mit Wörtern und Sätzen füllten, die keine Bedeutung für ihn hatten.

Zu Hause, nachdem alles Eingekaufte verstaut war, schoss ihm plötzlich die Idee ein, sich aufs Fahrrad zu schwingen und die Radwege neben den Feldern entlangzubrausen. Obwohl er so gut wie nie ziellos mit dem Rad herumfuhr, schwebte ihm genau das in dem Moment als etwas höchst Erstrebenswertes vor. Noch jetzt konnte er fühlen, wie die Anspannung jedes normale Verhalten, alles Alltägliche behinderte, wie eine kräftige Hand, die ihn von hinten an der Schulter packte und festhielt, sodass er nicht in den gewohnten Gang überwechseln konnte. Jetzt auf dem Sattel sitzen und stumpfsinnig in die Pedale treten, die Beine auf und ab bewegen wie der hirnloseste Affe, nur stur geradeausfahren, um ›Energie zu tanken‹, ›die Akkus aufzuladen‹, ›sich von unnötigem Ballast zu befreien‹, ›den Kopf freizukriegen‹ – Parolen, die ihm ständig von irgendwoher entgegengeschleudert wurden, jetzt hatten sie auch ihn erreicht. Als ob das ginge, den Kopf freikriegen. Die einzige Möglichkeit, einen Kopf wie den Leideggers freizubekommen, wäre, ein Loch hineinzubohren und alles Unnötige abfließen zu lassen. Und selbst wenn es ihm möglich wäre, auf irgendeine Art und Weise den Kopf freizukriegen – mit entleertem Kopf ein Verhältnis aufrechtzuerhalten, ohne sich in der nächsten Sekunde zu verraten, war für Leidegger nur schwer vorstellbar.

Wie er schnell feststellte, verspürte er keinerlei Lust, sich körperlich zu verausgaben, nachdem er sich bereits in diesem Supermarkt unsinnig verausgabt hatte. Stattdessen verspürte er das große Bedürfnis, Kamilla anzurufen. Aus irgendeinem Grund fand er, sie müsse erfahren, wie knapp sie vorhin einer unschönen Entdeckung entgangen waren. So groß war das Bedürfnis, dass er instinktiv in seine Hosentasche nach dem Handy griff und enttäuscht war, weil es nicht mehr darin war, sondern schon an seinem üblichen Platz lag. Enttäuscht? War er allen Ernstes enttäuscht, weil ihm das Brechen seiner eigenen heiligen Regeln verhindert wurde? Erleichtert musste er sein! Sogleich besann er sich seines Vorsatzes, öfter erleichtert zu sein. Er bemühte sich angestrengt, aber es ging nicht. Er fühlte sich wieder einmal sehr ausweglos. Er saß im Schlafzimmer auf dem Bett und bereute es schon, die Idee mit dem Fahrradfahren nicht realisiert zu haben, dann hätte er ungestört und so lange er wollte telefonieren können. Einfach am Rand des Radwegs anhalten, vielleicht sogar an einem Rastplatz mit Bank und Tisch, und Kamilla anrufen. Ihr alles erzählen, seine Anspannung auf sie übertragen. Jedenfalls hätte er wenig Sorge haben müssen, vor Martina verdächtig zu erscheinen, da das Radfahren zurzeit groß in Mode war. Genauer gesagt, das Radrennfahren. Oder hieß es Rennradfahren? Massen von Menschen überfluteten überall Fahrbahnen und Radwege, strampelten sich verbissen ab in ihren lustig-bunten Trikots auf ihren gewichtslosen Fahrrädern und nahmen sich ungeheuer wichtig. Und es war doch so: Sie benahmen sich wie Radrennfahrer, waren aber eigentlich bloß Rennradfahrer. Sollte er sich jetzt unter diese peinlichen Sportskanonen mit ihren Hanswurstdressen mischen, nur um ungestört mit seiner heimlichen Geliebten telefonieren zu können? So abwegig, wie diese Frage war, mochte er sich nicht einmal selbst darauf antworten.

Wieder hatte er Glück. Martina musste noch einmal wegfahren. Es war kaum eine Stunde vergangen, als ihr etwas einfiel, was sie auf dem Heimweg von der Arbeit hatte erledigen wollen. Eine ältere Freundin von ihr, die eine hervorragende Hobbyschneiderin war, wohnte zwei Ortschaften entfernt, und Martina hatte ihr eine Bluse zum Nähen vorbeibringen wollen. Das heißt, sie hatte nicht vergessen vorbeizufahren, sondern die Bluse morgens zu Hause liegen lassen. Sie entdeckte sie auf der Sitzbank und wollte gleich losfahren.

»Kann ich mitkommen?«, fragte Selina, und Leidegger musste sich zurückhalten, um nicht vor Freude zu hopsen. Es war geradezu unverschämt, wie viel Glück er heute hatte. Gewiss würde Martina ihr das Mitkommen nicht verbieten.

»Ja, gut. Wir werden aber nicht lange bleiben«, sagte sie.

»Macht nichts«, sagte Selina, »ich will nur sehen, wie es dem Hund geht, und kurz mit ihm spielen.«

Sowie er das Zuschlagen der Wagentüren und das Starten des Motors vernommen hatte, wählte er Kamillas Nummer. Da er sie nicht auf seinem Telefon speichern durfte, hatte er sie auswendig gelernt, und es verblüffte ihn wieder einmal, mit welcher Schnelligkeit er die Ziffern drückte. Er hatte es sich zur Pflicht gemacht, sich jedes Mal vor dem Wählen von Kamillas Nummer auch die Handynummern von Martina und Selina im Kopf vorzusagen. Das war ein Ritual, mit dem er symbolisch gegen das schlechte Gewissen in den Kampf zog: Alles, wirklich alles konnte man ihm vorwerfen, aber er wusste nicht nur die Nummer seiner Affäre auswendig, sondern – selbstverständlich, meine Damen und Herren! – auch die von Ehefrau und Tochter. Einmal schnell alle Nummern heruntergeleiert, wie das auswendig gelernte Gedicht vor der Klasse, und gesenkten Hauptes zog das schlechte Gewissen von dannen, es war wie ein Bannzauber. In der freudigen Aufregung hatte er das gewohnte Aufsagen diesmal vergessen, und kurz stockte ihm darüber der Atem.

Dann Kamillas Stimme, und endlich, endlich würde er es loswerden. Er konnte förmlich die Erleichterung spüren, die sich gleich in ihm hinabsenken würde. Er stellte es sich vor wie einen Aufzug voller Menschen, der ganz oben in einem Gebäude seine Fahrt begann, und in jedem Stockwerk stieg eine Person aus, wodurch er auf dem Weg nach unten immer leerer und leichter wurde und am Ende, im Erdgeschoß, von jeder Last befreit wäre. Nicht einmal er selbst wäre noch darin, nur Luft und Leere.

»Ich dachte mir schon, du würdest anrufen«, sagte Kamilla, noch bevor er den Mund aufmachen konnte. Er hörte ein Lächeln in ihrer Stimme oder etwas, das er für ein Lächeln hielt. Es gefiel ihm jedenfalls nicht, und er wurde unstimmig.

»Was ist so lustig?«, sagte er.

»Du warst lustig, vorhin im Supermarkt.«

»Du hast mich gesehen!«

»Wie du dich zu verstecken versucht hast, so komisch«, sagte sie. »Als hättest du im Ernst geglaubt, man könnte vor Blicken davonlaufen. Und dann rennst du wie ein Verrückter durch die Reihen, sehr unauffällig.«

Er sagte nichts.

»Jetzt sag doch etwas.«

Er sagte nichts.

»Es ist vorbei, du kannst darüber lachen.«

»Irgendwie nicht.«

Dieses Gespräch verlief nicht, wie er es sich vorgestellt hatte. Die Frage, wie er es sich vorgestellt hatte, hätte er nicht zufriedenstellend beantworten können, aber so jedenfalls nicht. Die Diskrepanz zwischen der Freude am ungestörten Telefonieren und dem Ergebnis, von Kamilla lächerlich gemacht zu werden, war ausreichend groß, sodass er gern ihr die

Schuld für seine Qualen zugeschrieben hätte, weil sie in diesem verfluchten Supermarkt eingekauft hatte. Er tat es auch, aber unausgesprochen.

»Wenn Martina dich gesehen hätte!«, rief er.

»Sie hat mich gesehen.«

»Sie hat dich … Und?«

»Sie hat auch viele andere Menschen dort gesehen.«

»Diese Menschen waren nicht meine Jugendliebe.«

»Auch eine Jugendliebe muss Lebensmittel einkaufen.«

»Ja, sicher. Kaufst du immer dort ein?«

»Nur, wenn ich etwas Besonderes haben möchte.«

Er dachte an den Wein.

»Hat sie dich gegrüßt?«

»Nein.«

»Hast du sie gegrüßt?«

»Nein.«

»Warum nicht?«

»Ist das eine ernst gemeinte Frage?«

»Ja. Oder nein. Was weiß ich denn!«

Er wusste nicht weiter. Generell wusste er wenig. Zum Beispiel wusste er nicht, ob das, was er soeben gehört hatte, belanglos oder schwerwiegend war. Er beschloss, dass es belanglos sei. Konnte man einen Beschluss beschließen? Für Leidegger fühlte es sich so an. Er beschloss nichts mehr, sondern beschloss nur mehr, zu beschließen. Genauso hatte er auch zu beschließen beschlossen, seiner geistigen Gesundheit zuliebe die Affäre mit Kamilla zu beenden. Doch das hatte er nicht getan und würde es auch jetzt nicht tun. Wir beenden die Sache, hätte er sagen können, jetzt sofort. Er stellte sich vor, wie er es sagte, sagte es aber nicht. Er hatte sich auf das Telefonieren mit ihr gefreut, doch in Wirklichkeit strengte es ihn nur mehr an. Zum ersten Mal, seit er Kamilla wiedergetroffen hatte, bereute er aufrichtig und im vollen Bewusstsein, etwas mit ihr angefangen zu haben. Er wünschte sich, die Zeit zurückdrehen zu können, hätte sich aber am liebsten ohrfeigen mögen für diesen hausbackenen Wunsch. Wie oft in seinem Leben hatte er sich das schon gewünscht. Alle wünschten sich das doch ständig. Wenn es eine Rangliste gäbe, in der die häufigsten und innigsten Wünsche verzeichnet wären, würde der Wunsch nach einem Zurückdrehen der Zeit gewiss weit voraus an erster Stelle rangieren. Das war ein Wunsch für Idioten! Und bis zu welchem Punkt hätte er die Zeit im Übrigen zurückdrehen wollen? Nur bis vor den Wochenendeinkauf? Nur bis zu dem Moment kurz vor seiner Wiederbegegnung mit Kamilla oder noch viel weiter zurück, als er noch mit ihr zusammen gewesen war und er Martina noch nicht kennengelernt hatte? Auch diese Fragen konnte er nicht beantworten. Konnte oder wollte? Wahrscheinlich Letzteres, denn es war eine Frage, die ihm Angst machte. Übrig blieb nur mehr die Verwunderung, warum er sich auf den Anruf gefreut, was er sich davon versprochen hatte. Sie wechselten noch einige belanglose Worte, dann legte er auf.

6

Es war Montag, und Leidegger kam wie gewohnt um eins bei Kamilla an. Es war ein warmer Frühsommertag, die Sonne hatte fast auf der ganzen Fahrt durch das Seitenfenster auf seinen linken Arm und die Hälfte seines Oberkörpers gestrahlt. Er hatte einen großen Schweißfleck, aber nur unter einem Arm. Diese Asymmetrie irritierte ihn, er spürte die kühle Feuchtigkeit unter der Achsel und fühlte sich nicht sehr erotisch. Während der ganzen Autofahrt zu Kamilla hatte er darauf gewartet, die Lust in sich heraufziehen zu spüren, auf dieselbe Weise wie immer: zaghaft, schüchtern und undeutlich zuerst, dann mit jedem Bild, das ihm entweder von selbst vor die Augen trat oder das er bewusst heraufbeschwor, konkreter und intensiver, bis sich die Unterhose spannte. Obwohl Leidegger Beengendes nicht leiden konnte – die Hosenenge infolge einer Erektion mochte er. Er mochte es zu spüren, wie die Haut sich spannte, wie das schlaffe, schlafende Wesen gleichsam erwachte und langsam zwischen den Schenkeln hervorkroch, wie ein Tier aus seiner Höhle. Fast immer musste er darüber lächeln. Es gefiel ihm, dass etwas, das keine Intelligenz besaß, ein so eigenständiges Verhalten an den Tag legte, sich wichtigmachte und sich so vehement in den Vordergrund drängte. Zur Steigerung des Vergnügens presste er oft die Schenkel aneinander, um den Vorgang hinauszuzögern und zu erschweren. Es war ein spielerischer Kampf, den er nie gewann und nicht gewinnen wollte. Hast du frecher Lümmel wieder einmal deinen Willen durchgesetzt, dachte er dann, interessanterweise ohne sich dabei idiotisch vorzukommen. Gern genoss er dieses kleine Spiel auch an öffentlichen Orten, in der Bank, auf der Post, an der Tankstelle. Und ganz gleich, wo es gerade passierte, immer hoffte er darauf, irgendein Teil der Geschlechtshaut habe sich in der Unterhose verklemmt und er würde dieses vorsichtig schneidende, ziehende Gefühl erleben, das sich mit fortschreitender Erektion langsam steigerte, bis sich die eingezwickte Haut mit einem kurzen Reißen schließlich herauslöste. Leider geschah das nicht allzu häufig. Wenn es geschah, freute er sich ziemlich kindisch über den kurzen Schmerz und drückte die Schenkel noch fester gegeneinander.

Nichts davon wollte sich auf der Autofahrt einstellen. Er malte sich Szenen aus. Er projizierte sich Kamilla vor die Augen, ihre Haut, ihre Haare, ihre Augen, ihr Gesäß und die Geschlechtsmerkmale. Dann das Bett, das Sofa, den Ohrensessel, alle Plätze, an denen sie bislang aktiv gewesen waren. Er spielte in Gedanken durch, wie es beim letzten Mal stattgefunden hatte, die Aggressivität, diese Minuten, in denen alles echt gewesen war, ohne Erfolg. Schlaffheit, Erschöpfung, Empfindungslosigkeit war das Einzige, was er in sich aufspüren konnte. Es war das Gefühl von etwas, das gewohnheitsmäßig hätte da sein sollen, aber nicht da war. Fieberhaft versuchte er, diese plötzliche Veränderung zu ergründen. In dem Glauben, durch das Auffinden der Ursache für das Ausbleiben der Lust würde sich zugleich auch das Problem lösen, grub und bohrte er in sich und fand etwas: das Telefongespräch. Deutlich hatte er noch Kamillas Stimme im Ohr, mit der sie ihm am Telefon berichtete, wie sie ihn im Supermarkt beobachtet hatte, die Stimme, mit der sie ihn und seine Ängste ins Lächerliche gezogen hatte. Diese Stimme mischte sich in die Szenen und Bilder und zerstörte die Lust. Das musste der Grund sein. An einer Person den Penis zum Einsatz zu bringen, die sich vor Kurzem noch über einen grundlegenden Aspekt seines Charakters lustig gemacht hatte, wurde zur Undenkbarkeit. Noch etwas anderes aber konnte er aufspüren, etwas, das er als noch schwerwiegender einstufte. Vielmehr nämlich, glaubte er, lag es an den Szenen und Bildern, die er vor dem geistigen Auge sah und die bis vor Kurzem noch blitzschnell und vollautomatisiert die heiß ersehnte Erregung in ihm ausgelöst hatten, denn es waren ausnahmslos Szenen und Bilder, die ihm Kamilla in Situationen präsentierten, die mit Martina undenkbar waren. Sehr körperliche, sehr intensive Situationen. Nun also sollte das alles auf einmal keine Wirkung mehr zeigen, sehr aufschlussreich. Er sah dafür keine andere Ursache, als dass er sich vor sich selbst peinlich war, weil sein Zusammensein mit Kamilla sich in ihrer größeren sexuellen Aufgeschlossenheit erschöpfte. Was er bei Martina nicht haben konnte, gab Kamilla ihm bereitwillig von sich aus. Es war so klassisch, wie man es sich nur ausdenken konnte: Das Liebesleben mit der Ehefrau lässt den Mann unbefriedigt, weshalb er eine Affäre beginnt. So billig, so herkömmlich, es war zum Davonlaufen. Es nagte an ihm, wie einfach er gestrickt war. Er war ein Automat, der mit der simpelsten Hebelmechanik betrieben wurde. Ein Bild, eine Szene, ein erotischer Reiz, und in Sekundenschnelle wurde die Mechanik in Gang gesetzt. Genieren musste man sich dafür! Jetzt klemmte der Hebel, und es war ihm nicht mehr möglich zu entscheiden, ob er sich darüber grämen oder sich glücklich schätzen sollte. Ich bin auch nur ein Mann!, brüllte er gegen das Lenkrad und bemühte sich krampfhaft, sich seine triebhaften Gelüste offen einzugestehen. Er war auch nur ein Mann, wollte aber eigentlich keiner mehr sein. Er wollte zu seinen Gelüsten stehen, sich aber gleichzeitig vor ihnen verkriechen. So stand es um ihn. Hätte ich eine Sekretärin, hätte ich wahrscheinlich wie in der alten mannhaften Zeit ein Verhältnis mit der Sekretärin begonnen, dachte er. Er hätte heulen mögen, weil er sich selber so peinlich war.

»Hast du dich wieder beruhigt?«, fragte Kamilla, während er bei der Tür hineinschlüpfte. »Oder hast du vor, mich jetzt öfter von zu Hause aus anzurufen?«

»Eher nicht«, sagte er und erschrak. Vor wenigen Tagen noch hätte er dieselbe Frage mit einem klaren Nein beantwortet, jetzt hieß es auf einmal: eher nicht. Irgendein grausamer Geist war in ihn gefahren, der selbst die lebenserhaltenden Prinzipien gegen ihn aufwirbelte. Er spürte es in den Ohren sausen. Wie er sich auf einmal alles offenhielt, sogar mit der Gefahr liebäugelte! Vielleicht sollte er direkt neben Martina das Telefon herausholen und Kamilla anrufen, sich in geheimen Codes mit ihr unterhalten. Mit der heimlichen Sexpartnerin telefonieren, während die Ehefrau danebenstand – die Spannung, der Kitzel, der Kick, vielleicht ging es inzwischen nicht anders. Sofort spürte er die Erregung auflodern. Beim nächsten Mal parke ich nicht vor dem Supermarkt, sondern direkt vor ihrer Haustür, dachte er draufgängerisch und spürte ein Kitzeln in der Hose. Er presste die Schenkel gegeneinander. Kamilla beobachtete es. Sie schaute ihm in den Schritt. Für eine außenstehende Person mochte es aussehen, als müsse er pinkeln, aber nicht für Kamilla. Sie nahm an, er spiele wieder den unartigen Schüler.

»Hast du wieder was angestellt? Musst du bestraft werden?«

»Lass es«, sagte er.

»Was denn, spielst du jetzt den Beleidigten?«

»Nein.«

»Hat die böse Tante Kamilla etwas Gemeines am Telefon zu dir gesagt?«

»Lass es, habe ich gesagt!«, rief er und packte sie am Handgelenk. Ziemlich erwartbar erregte ihn die instinktive Gewalt des Zupackens mehr als die Rolle in einem kindischen Sexspiel, an dessen Drehbuch er selbst mitgeschrieben hatte. Er wollte diese Erregung nicht mehr. Weder die aus dem Drehbuch noch die aus der Echtheit des Jähzorns. Auch diesmal wurde der Hebel erfolgreich aufgrund einer Aggressivität aktiviert, aber weil er es schon vorhergesehen hatte, wollte er es nicht mehr. Auf diesen Trick durfte man einmal und vielleicht ein zweites Mal hereinfallen, aber ganz sicher nicht dreimal. Er wollte nicht wollen! Weder das Gespielte noch das Echte wollte er mehr. Sobald einen das eigene Wollen abstieß, war nichts mehr zu gewinnen. Die Vorstellung, heute wieder die altvertrauten Bewegungen ausführen zu müssen, die am Ende zu den altvertrauten Ergebnissen führten, hetzte die grimmige Unlust gegen ihn auf.

Vielmehr war ihm plötzlich danach, einfach nackt neben ihr zu liegen. Er sagte es ihr, und sie hatte nichts dagegen. Sie gingen ins Schlafzimmer. Sie zogen sich aus und legten sich aufs Bett. Zum ersten Mal lagen sie nackt nebeneinander, ohne davor miteinander geschlafen zu haben; zumindest schien es Leidegger, als ob es das erste Mal wäre, und er schätzte das Besondere daran. Zugleich fühlte es sich an wie etwas Entscheidendes, ein außergewöhnliches Ereignis, das in eine ungewisse Zukunft vorausdeutete: Es mochte der Anfang oder das Ende von etwas sein. Auch Kamilla schien die Situation in ähnlicher Weise aufzufassen, denn es wirkte, als ob sie etwas erwartete, den Beginn eines ernsten Gesprächs zum Beispiel oder ein Liebesgeständnis. Eine solche Erwartung in ihr entstehen zu lassen, hatte er nicht beabsichtigt, es ging ihm bloß darum herauszufinden, ob es die Aufregung des Verbotenen war oder etwas anderes, Größeres, das ihn seit mehreren Monaten zu ihr führte. Wieder einmal hatte er nur an sich selbst gedacht und schämte sich dafür. Noch um ein Vielfaches wuchs seine Scham, als ihm unvermutet diese Filmszenen einfielen, in denen Männer zu Prostituierten gingen, dann aber »nur reden« wollten. Und sie großzügig dafür bezahlten. Bei schummriger Beleuchtung in dem schäbigen

Zimmer eines Stundenhotels führten Männer tiefsinnige Gespräche mit einer Nutte, schritten dann aber nicht zur Tat, sondern zückten mit weinerlich-geläutertem Gesichtsausdruck die Geldbörse und ließen noch einen Schein extra da, weil Zuhören so viel mehr wert war als die plumpe Sexarbeit. Leidegger hatte solche Szenen immer für absurd und unglaubwürdig gehalten, an den Haaren herbeigezogen, und das tat er auch weiterhin. Mit dem Unterschied, dass er sich jetzt zusätzlich in Grund und Boden genierte, weil er nackt neben Kamilla lag und an Prostituierte dachte. Am liebsten wäre er aufgesprungen und vor ihr auf die Knie gefallen, um sich für seine Gedanken zu entschuldigen. Generell verspürte er immer häufiger das Bedürfnis, sich für sich selbst zu entschuldigen. Für alles Männliche, das ihm widerfuhr, wollte er schon währenddessen um Verzeihung bitten. Jetzt sogar für seine Gedanken. Wer sich in so einer Verfassung befand, war vermutlich nicht mehr allzu lange lebensfähig.

Sie lagen im Bett. Sie sprachen fast nicht, lagen nur da und sahen abwechselnd an die Decke und einander in die Augen. Wenn ihre Blicke sich trafen, lächelten sie, aber es war ein Lächeln, das hauptsächlich Verlegenheit ausdrückte. Es hatte eine Veränderung stattgefunden, das spürte er in diesem Moment noch um vieles deutlicher. Aber er war zu feige, es offen auszusprechen. Nägel mit Köpfen zu machen gehörte nicht zu seinen typischen Verhaltensmustern. Auch Kamilla war anzusehen, wie bewusst sie die Veränderung wahrnahm, aber auch sie sagte nichts. In diesem Augenblick ging Leidegger ein Licht auf, denn es wurde ihm klar, was wohl der eigentliche Grund war, weshalb ihm das Schlussmachen nicht glücken wollte. Ein Gefühl sagte ihm, dass Kamilla es nicht allzu schwernehmen würde, von ihm verlassen zu werden, und ihm fehlte der Mut, sich dieser Gleichgültigkeit auszusetzen. Die Situation verlangte geradezu nach einer Aussprache, einer Beratschlagung, einem Gespräch über die unmittelbare Zukunft, es war die klassische Szene. Aber er brachte es nicht über sich. Auch Kamilla sagte nichts, was er als positiv befand. Das Schöne, das sie miteinander gehabt hatten, dessen Ende jetzt aber so eindeutig um sie herumschwebte, die vielen aufregenden Stunden, die sie zusammen verbracht hatten – das alles sollte nicht durch Worte zerstört, nicht zerredet, nicht ausdiskutiert werden. Wenn sie jetzt anfingen, über eine Zukunft zu sprechen, die es nicht geben konnte, bestand die Gefahr einer Unstimmigkeit, vielleicht sogar eines Streits, und es war ihm nicht danach, diese Szene durch einen Streit niederzureißen. Es gefiel ihm, neben Kamilla zu liegen, schweigend, atmend, lächelnd, und es gefiel ihm umso mehr, als es höchstwahrscheinlich kein zweites Mal vorkommen würde. Auf sonderbare Weise erregte ihn dieses Gefühl einer Endgültigkeit, und mit probender Gier blickte er sehr direkt zuerst auf ihre Brüste und danach auf ihr Geschlecht. Er spürte das Kitzeln, aber auch jetzt wollte die Erregung nicht kommen.

Stattdessen überfiel ihn plötzlich die Lust, sie zu fotografieren. In dem Licht der Deckenlampe sah er eine einzelne Schweißperle auf Kamillas Haut glitzern, eine nahezu perfekte Halbkugel, die bei ihren Atemzügen leicht zitterte. Was für eine Ästhetik, was für eine vollendete Form, dachte er und spürte den stürmischen Elan des Künstlers in sich emporschießen. Zum ersten Mal seit Langem erinnerte er sich wieder an das Kreative, Schöpferische seines Berufs. An das, was ihn ursprünglich und leidenschaftlich zu dieser Kunstform geführt hatte. Als Jugendlicher hatte er als Spezialfach Fotografie in der Schule gewählt und mit Begeisterung auch in seiner Freizeit nach dem Besonderen, dem Außergewöhnlichen und Unerwarteten Ausschau gehalten und Stunden damit verbracht, Fotos zu schießen, zu entwickeln oder auf dem Computer zu bearbeiten. Aufgelassene Fabrikgebäude, Graffitis an den Wänden, vollgekritzelte Toilettentüren, beschmierte oder zerstörte Telefonzellen, vandalisierte Briefkästen, Brückenpfeiler, auffällige Bäume oder Felsen hatte er auf seinen Streifzügen abgelichtet und Alben angelegt. Ein elektrisierendes Kribbeln jagte ihm durch den Körper bei der Erinnerung an diese Zeit, als die Zukunft sich noch wie ein weißer Fleck auf der Karte vor ihm ausgebreitet hatte. Alles war damals neu gewesen, unerforscht, noch nicht kopiert und reproduziert. Jedenfalls war es ihm so vorgekommen. Heute wusste er nicht einmal mehr, wo diese vielen Alben gelagert waren. Wenn man nur irgendwie zurückfinden konnte zu diesem jugendlichen Eifer! Damals und auch später, als er selbst noch Büromensch und das Fotografieren lediglich eine Freizeitbeschäftigung gewesen war, hatte er nur in Ausnahmefällen Menschen in langweiligen Situationen abgelichtet, bei Hochzeiten, Geburtstagsfeiern, für Familienfotos, und auch dann nur, wenn es sich nicht vermeiden ließ. Inzwischen hatte sich seine Lage auf unbehagliche Weise verkehrt: Das Langweilige war zu seinem Berufsinhalt geworden. Jetzt aber, mit Kamillas Körper vor Augen, fantasierte er auf einmal von einer ganzen Serie von Fotos, Aktfotos, die an einer Wand aufgereiht scharenweise Besucher anlockten und ihn schlagartig berühmt machten. Er hatte sich seitlich gedreht und betrachtete sie, und diese neue, veränderte Perspektive löste eine künstlerische Beglückung in ihm aus: Aus dieser Perspektive musste er sie fotografieren! Nun also hatte er in ihrer Nacktheit doch noch etwas gefunden, etwas Lustvolles, auch wenn es sich dabei nicht um eine körperliche, sondern um eine ästhetische Lust handelte. Er wurde von einem Tatendrang, einem Ehrgeiz übermannt, wie er ihn gar nicht mehr von sich kannte. Etwas Vergessenes, tief Begrabenes drängte hervor, ein Lichtblick. Es war also doch nicht alles hoffnungslos, vielleicht. Doch anstatt augenblicklich nach dem Handy zu greifen und wie ein Wilder zu fotografieren – wie früher! –, genoss er dieses hochfliegende Gefühl, die Vorfreude, und dachte sich Szenen, Winkel, Perspektiven aus. Er hatte keine Erfahrung mit der Aktfotografie und labte sich still und freudig an dem Neuen, das ihn erwartete. Das Nackte aber, so war seine Idee, sollte nicht den Hauptaspekt ausmachen, nicht den Vordergrund bilden, sondern lediglich als Transportmittel des Körperlichen dienen, für den Schweiß, die Härchen, die Haut- und Schmutzpartikel, für Fältchen, Äderchen, Muttermale und so weiter, genau so, wie er es gerade an Kamilla erblickte. In dieser Art Körperlichkeit, das war seine spontane Erkenntnis, steckte die eigentliche Wahrheit, das eigentlich Menschliche. Nicht in der Glätte, der Sauberkeit, der Ebenmäßigkeit, wie sie überall retuschiert und auf Glanzpapier abgebildet wurde, sondern in der Echtheit mit all ihren Makeln. Diese Echtheit musste man rücksichtslos sichtbar machen. Das war das Zauberwort: rücksichtslos. Ein Künstler musste rücksichtslos sein! Das wussten alle, weil es allen schon von Kindesbeinen an eingetrichtert wurde. Und auch, dass die Kunst hohe moralische Ziele verfolgt. Wie viel besser müsste demnach die Welt sein, wie viel moralischer, wenn alle nur ein wenig rücksichtsloser wären! Eine solche Schlussfolgerung konnte nur Mut machen. Nun ja, rücksichtslos war er, aber nicht als Künstler, noch nicht. Die Schwächen und Fehler zum Hauptmerkmal des Menschen zu erklären und schonungslos aufzuzeigen, würde vieles relativieren – zum Beispiel auch die Niederträchtigkeit einer Affäre.

Im Zusammenhang mit dieser Körperlichkeit kam er in Gedanken auf das Thema Hoden. Nachdem er sich Kamilla ausreichend besehen hatte, fiel sein Blick auf einen seiner Hoden, der sich im Liegen zwischen den Oberschenkeln hervorgequetscht hatte. Prall, schwulstig, verquollen in dem gespannten Hautsack lag er da und sah zum Erbarmen jämmerlich aus. Schon als in der Schule einmal das Thema Penisneid angeschnitten wurde, hatte er vor Verständnislosigkeit die Augen verdreht. Etwas so Haarsträubendes wie einen Penisneid konnte kein halbwegs klardenkender Mensch ernst nehmen. Weshalb es als Pendant dazu keinen Hodenneid gab, war leicht zu begreifen, aber aus Leideggers Sicht ungültig, da das eine nicht ohne das andere existieren konnte. Wenn ein erigierter Penis auch etwas Ansehnliches, Ästhetisches an sich haben mochte, die Hoden hatten es nicht. Leidegger verstand beim besten Willen nicht, wie irgendein Mann auf der Welt sich etwas auf sein Geschlecht einbilden konnte. Vielleicht war es schön groß und gerade, vielleicht auffallend glatt oder auf andere Art besonders, aber da waren eben immer auch noch die Hoden. Wenn er eines dieser Hundemännchen auf der Straße sah, bei dessen Hinteransicht auf den ersten Blick die Hoden ins Auge fielen, sah er in gewisser Weise immer auch sich selbst. Und er sah darin nicht Stärke, sondern Angreifbarkeit. Ein kurzer, fester Tritt in die Weichteile, und das aggressivste Tier würde jaulend in die Knie sacken. Wenn der Penis das Gemächt war, waren die Hoden das Geohnmächt. Jedes Mal aufs Neue erstaunte es ihn bei diesem Anblick, wie das Männliche sich über Jahrtausende unausgesetzt an der Macht halten konnte – mit diesem grotesken Auswuchs in der Hose. Nie kam er umhin, wenn er einen Mann spreizbeinig dasitzen sah, sich ihn ohne Hose vorzustellen, und es verblüffte ihn immer aufs Neue, wie sich das vermeintlich Mächtige urplötzlich in eine lächerliche Schwäche verwandelte. Wäre durch einen Zaubertrick auf einmal keine Hose mehr da – alles würde nur schlaff baumelnd und faltig herunterhängen. Er konnte es sich nicht anders erklären, als dass hier eine monströse Verdrängung am Werk war: Um nicht der Lächerlichkeit zu erliegen, hatten Männer die Angreifbarkeit des Hodenhaften zugunsten der Macht und Stärke des Phallischen verdrängt, sehr erfolgreich und kollektiv, bis das Angreifbare, das Weiche, das Erbarmungswürdige und Verletzliche dem Weltbewusstsein vollständig entrückt war. Natürlich gab es Ausnahmen wie ihn, aber wie immer bestätigten sie nur die Regel. Und natürlich war da noch dieses Triebhafte, das von alldem gnadenlos unbeeindruckt blieb.

»Vielleicht sollte ich mir ein Diensthandy zulegen«, fiel es ihm plötzlich ein. »Das hätte ich längst tun sollen.«

»Würde das so viel ändern?«, fragte Kamilla.

Er zuckte mit den Schultern. Die Idee beschäftigte ihn schon länger, aber er hatte sie nie zu Ende gedacht. Genau deshalb vermutlich, weil Kamilla recht hatte, es würde nichts ändern. Er würde deshalb nicht anfangen, neben Martina mit ihr zu telefonieren.

»Wir müssen nicht telefonieren«, sagte sie. »Es gefällt mir so, wie es ist. Es ist irgendwie oldschool, findest du nicht? Irgendwie sexy.«

»Ja, irgendwie schon.«

Sie lächelten. Er öffnete kurz die Schenkel, ließ den Hoden in den Spalt plumpsen und schloss sie wieder. Endlich setzte er sich auf, streckte sich nach seiner Hose aus und holte das Handy heraus. Er öffnete die Kamera, beugte sich nahe an Kamillas Haut heran, und ohne zu fragen, ob sie überhaupt einverstanden sei, fotografierte er eine kleine, glitzernde Schweißperle in der Mulde zwischen ihren Brüsten. Er wurde eifrig, probierte verschiedene Winkel, rückte im Bett herum, setzte sich auf, legte sich seitlich, hielt die Kamera schräg, schüttelte unzufrieden den Kopf, versuchte es mit einer neuen Einstellung, wechselte abermals die Position, er knipste und knipste und knipste und benahm sich überhaupt sehr fotografenhaft. Als er sich in seiner einfallsreichen Euphorie einmal versehentlich auf Kamillas Hand kniete und sie »Au!« rief, registrierte er es kaum, so sehr ging der Eifer mit ihm durch. Er fand ein zweites Motiv und schoss noch mehr Fotos. Kamilla ließ es geschehen, griff nach ihrem eigenen Handy und beschäftigte sich damit, so lange es dauerte. Als er fertig war, suchte er die besten Aufnahmen heraus und betrachtete sie, legte verschiedene Filter darüber oder machte Schwarz-Weiß-Bilder daraus.

»Zeig sie mir«, sagte Kamilla.

Er zeigte sie ihr. Sie begutachtete sie lange. Aus ihrem Gesicht konnte Leidegger nicht ablesen, was sie von ihnen hielt, ob sie ihr gefielen, ob sie ihr gleichgültig waren oder ob sie sie schlecht fand. Die Wahrheit war, er wusste es selbst nicht. Als bloße Idee hatten sie ihm besser gefallen. Kamilla gab ihm das Handy zurück, und eine ganze Weile noch sah er sich die Fotos an. Je länger er sie ansah, desto weniger gefielen sie ihm, desto banaler wurden sie vor seinen Augen. Das Fotografieren selbst, die Begeisterung hatten ihn von oben bis unten ausgefüllt, fast wie früher, doch das Ergebnis war wenig bemerkenswert. Genauer gesagt, es war schlecht. Das war Aktfotografie in ihrer banalsten Form, die niedrigste Stufe des Einfallsreichtums. Die Ausrede, es habe mit der Handykamera zu tun, und mit der richtigen Ausstattung hätte er etwas Besseres zustande gebracht, brauchte er sich gar nicht erst aufzutischen, weil es nicht stimmte. Es lag nicht am Handwerkszeug, sondern am Motiv. Es war abgeschmackt, unoriginell, langweilig. Solche Fotos hatte er tausendfach auf billigen Drucken oder in Ausstellungen von Hobbykünstlern gesehen, direkt neben den Aquarellen und Landschaftsmalereien kinderloser Hausfrauen oder den geschnitzten Holzfiguren pensionierter Großväter. Beinahe entsetzt starrte er diese vermeintlichen Kunstwerke auf dem Handy an, bis sich endlich zu seiner Erleichterung der Bildschirm schwarz färbte. Wieder hatte etwas, das ihm kurz zuvor noch wie etwas Neues und Aufregendes vor der Nase herumgetanzt war, sich bei genauerer Betrachtung als eine jämmerlich zerkaute Banalität herausgestellt. Warum zum Teufel war ihm das nicht gleich aufgefallen? Warum musste er zuerst eine durch und durch echte Schaffensfreude erleben, nur um dann festzustellen, dass alles umsonst war, dass das, was er in voller Überzeugung und mit Feuereifer geschaffen hatte, nichts anderes war als die Kopie einer Kopie einer Kopie, der in keiner Weise etwas Besonderes anhaftete? Das Ergebnis war bedeutungslos, und durch die Bedeutungslosigkeit des Ergebnisses wurde auch der Schaffensvorgang bedeutungslos. Wie vertrottelt er sich aufgeführt hatte! Wie er im Bett herumgekrochen war, sich den Nacken halb ausgerenkt, die Schultern und Arme verdreht hatte – alles lächerlich und bedeutungslos. Die Begeisterung, der überschäumende Tatendrang, bedeutungslos. Der Wille steht für das Werk, hatte er plötzlich Martinas Worte im Ohr, die sie manchmal zur Beruhigung zu Selina sagte, wenn sie mit einer Zeichnung nicht richtig zufrieden war. Was für ein Unsinn! Wäre jetzt jemand neben Leidegger aufgetaucht und hätte ihm beschwichtigend zugeflüstert, der Wille stehe für das Werk, wären Zähne durchs Zimmer geschossen aus einem Mund, der sich zu so einer sinnlosen Äußerung herabließ. Was er produziert hatte, war Müll, wertloses Zeug, und wenn das Werk wertlos war, dann war auch der Wille wertlos, das leuchtete ein. Aber wie viel schlimmer war ein wertloser Wille als ein wertloses Werk!

»Willst du die behalten?«, fragte Kamilla.

Er antwortete, indem er aufstand und sich anzuziehen begann. Kamilla stand ebenfalls auf, aber ohne sich anzuziehen. Sie würde nicht sagen, ihr gefielen die Bilder, weil sie nicht lügen wollte. Das respektierte er. Insgeheim aber hatte er offenbar doch auf ein positives Urteil von ihr gehofft und war enttäuscht, weil er es nicht bekam. Etwas Dunkles zog in ihm auf. Etwas, das schon länger namenlos da war, sich infolge der jüngsten Vorkommnisse aber qualvoll verdichtet hatte und sich überall in ihm ausbreitete. Er wusste, es gab ein Wort dafür, wenn in einer gewissen Phase des Lebens die Absurdität und Sinnlosigkeit über einen herfielen, der Gedanke an die Endlichkeit, an alles, was gewesen hätte sein können, aber nie Wirklichkeit geworden war, die Vorstellung eines ganz anderen Lebens, aber er hatte nicht gewusst, wie tief dieser Zustand in alle Ecken und Winkel eines Menschen hineinkroch. Wenn Männer in den Vierzigern sich plötzlich Sportwagen kauften, Zigarren zu rauchen anfingen oder eine Affäre eingingen, hätte er nicht vermutet, was für eine alles umfassende, lebensbedrohliche Dunkelheit sich dahinter verbergen konnte. Aber niemals, niemals würde er dieses Wort aussprechen! Das Wort selbst war die zum Begriff gewordene Peinlichkeit. Er hatte sich immer geschworen, falls es jemals so weit mit ihm kommen sollte, würde er etwas Großes gegen sich selbst in die Wege leiten. Dieser Zeitpunkt schien immer näher zu rücken. Auch seine Arbeit war nun also von dieser Krankheit befallen, auch sie schien ihm nur mehr wie ein klägliches Abziehbild, das schon von endlosen Zungen abgeleckt worden war und längst nirgends mehr klebte: der Fotograf, der mit großem künstlerischem Ehrgeiz seine Tätigkeit begonnen hatte, jetzt aber nur mehr stumpfsinnig Schulklassen und Hochzeitspaare fotografierte. Und der schließlich zu der Einsicht gelangte, dass seine künstlerische Veranlagung bestenfalls dazu ausreichte, um Schulklassen und Hochzeitspaare zu fotografieren. Ein Ausweg aus diesem Dilemma wäre, sich selbst zu ironisieren, indem er anfing, Rollkragenpulli und Seidenschal zu tragen, mit ausgefallenen Sakkos, Hemden, Mützen, Käppis oder Lackschuhen herumzulaufen, aber das kam nicht infrage. Um sich selbst glaubhaft zu ironisieren, müsste er in der gegenwärtigen Gesellschaft schon die Ironie ironisieren. Oder war es bereits noch weiter vorangeschritten? Müsste er womöglich die schon ironisierte Ironie ironisieren? Zu so einer Leistung hielt er sich nicht für fähig. Bei einer Literatursendung hatte er einmal einen Kritiker mit lila Samtjacke mit aufgestelltem Kragen, flachem Hut und Sonnenbrille sitzen sehen und es kaum fassen können. Was für ein Lackaffe! Wenn Schriftsteller mit Notizbuch im Kaffeehaus saßen und eifrig Notizen machten, Maler mit Baskenmütze und farbfleckigem Hemd mit Palette und Pinsel vor der Staffelei standen, Physiker mit verrückter Stehfrisur, weißem Kittel und wahnsinnigem Blick Formeln an die Tafel hämmerten, Rockmusiker mit Lederjacke und Cowboystiefeln ihre E-Gitarren auf der Bühne zertrümmerten – waren sie allesamt auf den Kopf gefallen oder war das schon Ironie?

»Bist du enttäuscht, weil ich nicht gesagt habe, dass mir die Fotos gefallen?«

»Nein«, sagte er.

»Du siehst aber so aus.«

»Gut, ich bin enttäuscht«, sagte er laut. »Aber nicht wegen dir, sondern weil es stimmt. Sie sind schlecht. Schlimmer noch, sie sind kitschig und langweilig und peinlich. Alles ist nur mehr peinlich.«

»Alles? Ich auch?«

»Diese ganze Affäre ist peinlich. Der klassische Fall einer perfekten Gelegenheit. Du brauchst nur drei- oder viermal die Woche vormittags im Büro anwesend zu sein, den Rest der Zeit kannst du ungestört von zu Hause aus arbeiten. Ich kann mir meine Zeit als peinlicher Fotograf ebenfalls frei einteilen. Wir waren vor langer Zeit einmal zusammen, aber wahrscheinlich zu jung, um es zu bleiben. Jetzt wohnen wir nicht weit voneinander entfernt, begegnen uns zufällig wieder und beginnen eine Affäre. Die uns praktisch auf dem Silbertablett serviert wird. Billiger geht's kaum! Es ist ein Witz. Einer, den schon Millionen andere erzählt haben. Ich würde einen Lachkrampf kriegen, wenn irgendwer mir so einen Witz erzählte. Aber nicht, weil er lustig ist, sondern die Person, die ihn erzählt, ist der Witz.«

»Dann sollten wir es wohl beenden.«

»Klar sollten wir das. Aber sogar das Beenden ist billig, weil es nicht aus Überzeugung geschehen würde, sondern aus Angst. Das alles ist so banal, ich will nur noch davonlaufen. Aber wohin, wenn überall nur das Banale und Peinliche lauert?«

Er bereute augenblicklich, das alles gesagt zu haben. Allerdings nicht wegen der Kränkungen, die er über sich selbst und Kamilla ausgeschüttet hatte, sondern weil er nicht vorgehabt hatte, seine Plagen mit irgendjemandem zu teilen. Wer sein Leiden selbst verschuldet hatte, fand er, musste auch Manns genug sein, es mit sich selbst auszukämpfen. Weil das Mannsgenuge bei ihm zum Scheitern verurteilt war, war es auch dafür wieder zu spät. Er bekam Lust, sich aus allem zu entfernen. Nicht aus dem Leben, aber aus allem anderen. Weil es keinen Ausweg gab aus diesem Witz, der nicht selbst schon ein Witz war, wollte er nur mehr zusammenhanglos existieren. Er wollte nicht pausenlos mit sich selbst ins Gericht gehen, nichts mehr gegen sich selbst verwenden müssen. Er hatte die Nase voll von sich! Ihm fiel nicht ein, wie er sich bei Kamilla für seine beleidigenden Worte entschuldigen könnte, da es ihm durchaus ernst damit war. Er bereute nicht, was er gesagt hatte, nur dass er es gesagt hatte. Er hatte nicht beabsichtigt, sie zu kränken, und trotzdem hatte er es getan. Vielleicht konnte er einfach losrennen und Blumen und Schmuck für sie kaufen, wie in der guten alten Zeit! Damals, als das Banale noch nicht banal war.

»Es tut mir leid«, brachte er schließlich hervor, küsste sie hart auf die Stirn und eilte hinaus. Wie als Kind, wenn ihm etwas passiert war, das ihn in Verlegenheit brachte oder wofür er sich schämte, wollte er sich am liebsten verstecken. Er spürte geradezu, wie er sich ganz kleinmachte, und nachdem er aus der Tür auf die Straße getreten war, fühlte er sich wie eine lebende Zielscheibe unter dem weiten, offenen Himmel. Bei jedem Schritt auf dem kurzen Weg zum Supermarktparkplatz sah er sich instinktiv nach einem Gebüsch oder einer Häusernische um, hinter der er sich verstecken konnte, fand aber nur sein Auto.

7

Auf der Rückfahrt von Kamilla hielt Leidegger vor einem Wirtshaus an. Er hatte noch ausreichend Zeit nach seinem dunklen Davongehen, und er verspürte große Lust, ein Bier zu trinken. Jedes Mal, wenn er von Kamilla zurückfuhr, kam er an diesem Wirtshaus vorbei. Es lag auf halber Strecke zwischen ihrem Haus und der Werkstatt und sah mittelmäßig heruntergekommen aus, ein durchschnittliches Wirtshaus in einem durchschnittlichen Ort. Die Fensterscheiben milchig verschmiert und halb mit vergilbten, rustikalen Häkelgardinen verhängt, die Fassade war ausgeblichen und hatte an vielen Stellen großflächig Blasen geworfen, bei denen Leidegger sich wunderte, weshalb sie nicht längst aufgeplatzt waren und das darunterliegende Mauerwerk freigelegt hatten. Er war noch nie eingekehrt, weil er fast nie ins Wirtshaus ging. Er war kein Mann, der zum Biertrinken ins Wirtshaus ging, weil er so ein Mann nicht sein wollte. Die Glanzzeit der Wirtshäuser war entschieden vorbei und damit zwangsläufig auch die der darinsitzenden Männer. Am Wirthaustisch beim Kartenspiel über Sport und Politik reden und währenddessen ein Bier nach dem anderen kippen – die bloße Vorstellung ließ ihn den Kopf schütteln. Jetzt wollte er so ein Mann sein, aber nicht einmal dazu schien er mehr fähig, ohne sich von einer unsichtbaren moralisierenden Instanz beobachtet und bewertet zu fühlen. Nichts, so kam es ihm vor, konnte noch von ihm getan werden, das nicht gleichzeitig die Gedanken über dieses Tun im Schlepptau hatte. Nie wurde er das unangenehme Gefühl los, bei allem, was er tat, von einer übergeordneten Warte aus observiert und analysiert zu werden, einem alles sehenden Auge, das pausenlos nach Fehltritten Ausschau hielt, die vor dem großen Moralgericht gegen ihn ins Treffen geführt werden konnten. Zum Biersaufen ins Wirtshaus wie in der Zeit der alten Patriarchen – und der zitternde Zeiger des Moralometers zuckt einen Schritt vorwärts. Was zum Teufel war sein Problem? Er brachte es nicht über sich, auszusteigen und in diesem Wirtshaus ein Bier zu trinken, weil er wusste, er würde dort nicht als ein Mann sitzen, der in einem Wirtshaus ein Bier trank, sondern als einer, der ständig vor Augen hatte, dass er als Mann in einem Wirtshaus ein Bier trank, der es real tat und geistig zugleich, der es wollte und gleichzeitig nicht wollte. Würde er jetzt dieses Lokal betreten, dann würde er es als jemand tun, der bereits ein drittes Stadium erreicht hatte. Erstes Stadium: Ein Mann geht in ein Wirtshaus und trinkt Bier. Zweites Stadium: Ein Mann geht nicht mehr zum Biertrinken ins Wirtshaus, weil er kein Mann sein will, der in einem Wirtshaus ein Bier trinkt. Drittes Stadium: Ein Mann geht zum Biertrinken ins Wirtshaus, will kein wirtshausgehender Mann sein, geht aber trotzdem. Er konnte nicht einfach ins Wirtshaus gehen, er konnte nur TROTZDEM gehen. Und wenn er sich jetzt entschloss, doch nicht zu gehen: Ginge er dann nicht oder ginge er TROTZDEM nicht? Existierte sogar schon ein viertes Stadium? In was für einen verflixten Zustand war eine Welt geraten, in der ihm so ein sich selbst multiplizierendes Denken auferlegt wurde. Das TROTZDEM war bei ihm zum Grundzustand geworden. Er war nur TROTZDEM Fotograf, hatte nur TROTZDEM Haus und Garten, nur TROTZDEM Ehefrau und Kind, nur TROTZDEM eine Affäre. Es schien ihm, als ob es überhaupt nichts Natürliches mehr gäbe. Nichts Unreflektiertes, nur Überreflektiertes und Zerreflektiertes. Wenn er in einem Magazin Haus und Garten abgebildet sah, weil darin vom großen Wunsch vom Eigenheim mit Garten berichtet wurde, verlor er für eine

Weile die Lust an seinem eigenen Haus und Garten, weil er nicht mehr wusste, ob die Fotos oder sein Wunsch zuerst da waren. Wenn er den Geschlechtsverkehr praktizierte oder nur daran dachte, war ihm die eigene Geilheit zuwider oder baute sich gar nicht erst auf, weil sich das Triebhafte nicht mehr wohltuend triebhaft, sondern wie eine tausendfach wiederholte Sexszene anfühlte. Wenn irgendwo Werbung für etwas gemacht wurde, dachte er sofort: Ah, Werbung, ich werde beeinflusst. Doch damit war es nicht getan, denn es gab ja längst Werbung für Werbung: »Jetzt kommt die Werbung« … »Nur 15 Sekunden Werbung« … »Hier ist Platz für Ihr Werbeplakat«. Dass das überhaupt noch funktionierte! Dass dieses bis in alle Ecken und Winkel durchschaute Kartenhaus nicht längst eingestürzt war! Aber das Gegenteil war der Fall: Weil die Werbung unsterblich war, gab es das Beeinflussen jetzt als Beruf. Bitte nur ein einziges Mal wieder unbemerkt manipuliert werden! Einen Schokoriegel kaufen ohne den hundertmal gehörten Werbetext im Ohr! Oder wenn Wahlen stattfanden und die Mitglieder der politischen Parteien im Fernsehen auftraten, dann wurde der Auftritt direkt im Anschluss von einer Fachperson wissenschaftlich analysiert, worauf die Menschen daheim vor dem Fernseher die Analyse analysieren durften. Im Internet konnte man sich Videos von Menschen ansehen, die sich Videos ansahen, bald vermutlich von Menschen, die sich Videos von Menschen ansahen, die sich Videos ansahen. Der Titel eines Buches fiel ihm ein: … *trotzdem Ja zum Leben sagen*, und sofort drangsalierte ihn das schlechte Gewissen. Da es in dem Buch um die Hölle der Konzentrationslager ging, glaubte er, sein eigenes Leiden, sein eigenes TROTZDEM, dürfe nicht ins Gewicht fallen. Leider tat es das aber. Es gab Momente, in denen Leidegger unsicher wurde, ob er überhaupt eine eigene Persönlichkeit besaß, Eigenschaften, die nicht schon durch mehrlagige Filter gebrochen waren, irgendetwas, das nur mit ihm selbst in Beziehung stand.

Er startete den Motor und fuhr weiter. Seine Lust auf Bier hatte sich nicht verflüchtigt, aber mit diesem Wirtshaus wollte er nichts zu schaffen haben. Er sah das Schild im Rückspiegel kleiner werden, die grünen Buchstaben auf blassgelbem Hintergrund. Er sah abwechselnd auf die Straße und in den Rückspiegel, bis die Buchstaben zu klein waren, um noch lesbar zu sein. Es war wie der Sehtest bei der Augenuntersuchung, den er schon als Kind geliebt hatte. Alle anderen Arztbesuche waren ihm und seinen Eltern eine Qual gewesen, aber zu dem netten Augenarzt mit seiner Buchstabentafel wäre er am liebsten jede Woche gegangen. Über dieser Erinnerung wurde ihm auch das Davonfahren leichter.

Als er kurz darauf an einer Tankstelle haltmachte, um den Wagen aufzutanken, entdeckte er beim Bezahlen im Tankstellenshop eine Reihe mit Bierdosen im Kühlregal. Intuitiv griff er nach einer davon, bezahlte übereilig und verschwand hinaus. Beim Zufahren hatte er an der Außenwand des Gebäudes zwei Stehtische erblickt, wo er jetzt in aller Ruhe sein Bier zu trinken beabsichtigte. Er bog um die Ecke, öffnete die Dose, und im selben Moment kam ein Mann von der anderen Seite und stellte sich, ebenfalls mit einer Bierdose, an den Nebentisch. Obwohl sie sich nicht kannten, nickte ihm der andere zu und hob seine Dose zum Gruß, als Leidegger einmal kurz zu ihm hinsah. Artig grüßte er zurück, empfand aber zugleich Abneigung gegen diesen Menschen, einen gewohnheitsmäßigen Trinker ganz offensichtlich, der anscheinend glaubte, schweigend nebeneinander an einer Tankstelle Bier zu trinken, mache sie zu Verbündeten. Sah er denn nicht, was für ein Ausnahmefall Leidegger war! In einem kurzen Aufblitzen erblickte er in dem Mann seinen Großvater. Er sah ihn in der Unterhose im Fauteuil hocken, sah ihn zum Biertrinken ins

Wirtshaus an der Hauptstraße gehen und dann wieder in der Unterhose am Esstisch sitzen und große Reden schwingen. Er spürte ein Würgen. Weil seine Eltern damals beide berufstätig gewesen waren, die Großeltern das Arbeitsleben aber bereits hinter sich hatten, hatte er als Kind viel Zeit bei ihnen verbracht. Diese Zeit lebte in Leidegger fort in einer Mischung aus Freude und Ekel. Er hatte den Garten geliebt und das urtümliche Haus, in dem es im Sommer immer so angenehm kühl war. Fast die gesamte Ferienzeit und auch viele Wochenenden hatte er dort verbracht, und wenn Vater und Mutter Urlaub gehabt hatten, war er nicht von ihnen in die Stadtwohnung geholt worden, sondern die Eltern waren zu ihm in das großelterliche Haus eine halbe Autostunde außerhalb der Stadt gekommen. Auch an diese Phasen dachte er mit widerstreitenden Emotionen: Vater und Großvater unter einem Dach. Zwei Männer, die es besser wussten. Männer, die zu allem eine Meinung hatten. Männer, die das Schlagwort der freien Meinungsäußerung so verstanden, jederzeit und zu allen Themen ungefragt ihre Meinung zu äußern. In den meisten Fällen hatte der Großvater am Ende hart aufstampfend und vor sich hin fluchend das Haus in Richtung Wirtsstube verlassen, während der Vater zurückblieb und sich viel darauf einbildete, niemals Alkohol zu trinken.

Daran dachte er, als er mit der Bierdose in der Hand an dieser Tankstelle stand. Auch von Martinas Seite her war das Thema Alkohol ein heikles Feld. Ihr Vater war vor einigen Jahren infolge einer Trunksucht gestorben, und ihr Bruder war schon in jungen Jahren regelmäßig an den Wochenenden spätnachts sturzbesoffen und grölend heimgekommen. Wieder einmal wusste Leidegger nicht, wie es mit ihm weitergehen sollte: Sollte er das restliche Bier gierig in einem Zug in sich hineinschütten oder ärgerlich die halb ausgetrunkene Dose in den Müll werfen? Und egal, welches von beiden er tat, er konnte es nur TROTZDEM tun. Wenn Leidegger zum Säufer würde, würde er es TROTZDEM.

Er nahm das Bier mit ins Auto und fuhr weiter. Er trank noch drei kleine Schlucke und leerte den Rest durch das geöffnete Seitenfenster auf die Fahrbahn, als gerade keine Autos hinter ihm fuhren. Die leere Dose warf er auf den Boden vor dem Beifahrersitz und fuhr bald darauf vor der Werkstatt vor. Sein düsterer Zustand hatte sich noch nicht verflüchtigt, er dachte immer noch mit einer üblen Mischung aus Wehmut, Aussichtslosigkeit und Ärger an sein außereheliches Dilemma und sämtliche Peinlichkeiten, aus denen sich sein Leben aktuell zusammensetzte, doch sowie er auf die Türschwelle der Werkstatt trat und den Schlüssel im Schloss herumdrehte, wurde ihm leichter ums Herz. Er dachte sogar: So fühlt es sich an, wenn einem leichter ums Herz wird. Er trat ein und atmete dreimal laut ein und aus. Mit Kaffee und einer Zigarette würde er jetzt den außerfamiliären Tagesabschnitt beschließen, alles Düstere von sich wegschieben und anschließend entspannt nach Hause zurückkehren. Er holte eine Kaffeekapsel aus der Dose und legte sie neben der Maschine bereit. Er ließ sich in den Lehnsessel fallen, und während er wartete, bis das Blinken aufhörte und die Maschine einsatzbereit wäre, lehnte er sich zurück und besah sich die Werkstatt. Er betrachtete den Arbeitstisch und die Regale, die Laden und Kästen, die Holzdecke und die kalkweißen Wände. Ihm gefiel, was er sah. Es gefiel ihm, wie unwidersprochen das Alte neben dem Neuen existieren durfte: der Computer auf der alten Werkbank, in der die Schnitte und Löcher von vor vierzig Jahren zu sehen waren; der niedere Schrank mit den rostigen Scharnieren und der ausgebrochenen Tür, in dem er seine moderne Fotoausrüstung lagerte; das dunkle ölige Holz der Garderobe, wo an einem schweren, gusseisernen Haken die atmungsaktive Softshell-Jacke hing; die tiefbraunen, an manchen Stellen schwarzfleckigen Holzbalken, an denen die energieeffizienten LED-Leuchtstoffröhren montiert waren. Ohne Ironie dachte er: Wie sehr ich diesen Ort brauche! Er sprang auf und fühlte sich glücklich beseelt wie lange nicht mehr. Wieder atmete er ein und aus, ein und aus, weil alles sich so wunderbar und unbeschwert vor ihm zeigte. Langsam und andächtig ging er danach umher und fasste alles an, was nur ihm allein gehörte, was ihm wohlgesinnt war. Du gutes, altes Holz! Ihr wunderbar duftenden Ölflecken! Er sagte es laut, aber in dem Tonfall, wie im deutschen Fernsehen »Ach du dickes Ei« oder »Ach du grüne Neune« gesagt wurde. Die Ironie war keine schmerzende Ironie, keine, die ihm etwas zuleide tat. Das war das Geheimnis! Hier könnte er mit Goldkette, dicker Armbanduhr und noch dickerer Gürtelschnalle im Rippshirt sitzen und nichts würde ihm im Gehirn wehtun. Hier konnte er seinen alten, völlig verdreckten und zerfleischten Lehnsessel stehen haben und ernsthaft darin sitzen – hätte er sich diesen Sessel in die Büronische seines früheren Arbeitsplatzes gestellt, wäre er von den anderen Angestellten lediglich mit Kopfschütteln und Augenverdrehen bedacht worden und ihrem fortwährenden Spott ausgesetzt gewesen. Hier könnte er außerhalb der regulären Öffnungszeiten vermutlich in der Unterhose herumsitzen und seine käsebleichen, haarigen Oberschenkel beglotzen, ohne vor Scham und Verlegenheit zu verenden. Wahrscheinlich würde er in dem kleinen Hof hinter dem Gebäude sogar einen kleinen Grill aufstellen können und sich zum Mittagessen hemmungslos eine Wurst braten, nachdem er zuvor verschämt und bar jeder Überzeugung alles Nötige im Supermarkt eingekauft hätte.

Diese Bewusstwerdung hatte etwas maßlos Erleichterndes an sich. Erst jetzt wurde ihm richtig klar, wie streng die meisten seiner Arbeitsroutinen sich um diesen Ort herum zentriert hatten. Im Grunde bräuchte er nach auswärtigen Terminen nicht noch einmal hierherzukommen, um sein Zeug zu verstauen; auch alles Administrative müsste er nicht unbedingt hier erledigen, sondern könnte es ebenso gut zu Hause am Computer tun, während Martina in der Arbeit und Selina in der Schule war. Jetzt ging ihm auf, dass er es wohl doch musste. Eine beruhigende und zugleich beunruhigende Erkenntnis: Allem Anschein nach hatte er die letzten Jahre nur überlebt, weil er diesen Ort hatte. Ein unterschwelliger Überlebenstrieb hatte ihn in Form von Routinen vor dem Untergang bewahrt! Die Arbeit an sich mochte ihm peinlich und lächerlich vorkommen, sie mochte ihn unglücklich machen, aber an seinem Arbeitsplatz würde er niemals Unglück empfinden. Sollte er auch alles andere verlieren, seine Werkstatt würde er nie aufgeben. Zur Not könnte er darin leben. Und wie er das könnte! Wäre es nicht zu unsinnig gewesen, hätte er auf der Stelle das Handy herausgeholt und Martina angerufen, um ihr mitzuteilen, er werde heute in der Werkstatt übernachten. Das hatte er bisher allerdings noch nie getan und nicht einmal im Entferntesten daran gedacht, und es fing ihn am ganzen Körper zu jucken an angesichts dieser Idee. Man konnte es fast eine Erregung nennen. Jedenfalls etwas, das mehr mit Erregung zu tun hatte als das, was er neuerdings vor Kamillas nacktem Körper empfand. Eine kurze Weile war er sehr zufrieden. Die Vorstellung, bald wieder aus der Werkstatt hinaus in die Unzufriedenheit treten zu müssen, machte ihm das Atmen schwer. Endlich ließ er sich einen Kaffee herunter. Er trank den ersten Schluck gierig, nahm ihn mit zum Sessel und rauchte eine Zigarette.

Sein Pech war natürlich, dass er ja auch wieder von hier wegmusste, und schon als er zwanzig Minuten später den Wagen vor dem Haus parkte und einen der Nachbarn mit nacktem Oberkörper Rasen mähen sah, übertölpelte ihn die grausige Realität. Mit welcher hirnlosen Überzeugung dieser Mensch seinen Rasen mähte! Selbstverständlich beneidete Leidegger diesen Mann mit seiner Einfältigkeit, weil es ihm damit bestimmt besser ging als ihm selbst. Wenn er sich gleich in den Schritt fasste oder ohne jegliche Scham in der Arschspalte kratzte, würde er hinübergehen und ihm gratulieren. Ein Hund bellte irgendwo, und als Leidegger gleich darauf noch Kinderlachen vernahm, dachte er: Alles aufstellen zum Fotografieren! Denn auf den Bildern von Haus und Garten durften die Kinder und Hunde freilich nicht fehlen. Wer heute noch solche Bilder in Magazinen brachte und das albtraumhaft Abgegriffene als großen Traum verkaufte, an dessen geistiger Gesundheit durften ernste Zweifel angemeldet werden. Gleichzeitig wusste er, bei angemessener Bezahlung würde er solche Fotos jederzeit selbst anfertigen.

Nachdem er ins Haus getreten war, griff er instinktiv in die Hosentasche nach seinem Handy. Er fand es nicht und beging den Fehler, durch seine Körpersprache den Eindruck von jemandem zu erwecken, der auf der Suche nach etwas war. In dem albernen Glauben, er habe beim ersten Mal vielleicht bloß daran vorbeigetastet oder nicht tief genug gegraben, griff er noch einmal in dieselbe Tasche, fand es aber nicht. Danach tastete er alle anderen Hosentaschen ab und fand es nicht. Er kramte in der Box auf der Kommode, hob sie sogar auf und warf einen Blick darunter, suchte in dem Fach daneben, fuhr noch einmal in alle Hosentaschen und benahm sich überhaupt wieder einmal sehr vorbildlich schauspielerhaft: Stellen Sie wortlos jemanden dar, der sein Telefon verlegt hat. Martina, die gerade mit einem Stoß trockener Geschirrtücher die Treppe herunterkam, wurde zum Publikum dieser tadellosen Darbietung und fragte sofort, ob er sein Handy vermisse. Danach ging alles sehr schnell. Im Nachhinein konnte er nicht sagen, ob er auf Martinas Frage geantwortet hatte oder nicht, und wenn, ob er sie bejaht oder verneint hatte. Gern hätte er sagen wollen, er werde hinausgehen und im Auto nachsehen, ob es ihm dort vielleicht aus der Tasche gefallen sei, und falls nicht, könne er es nur in der Werkstatt liegen gelassen haben. Da er das in dem Moment selbst noch glaubte, wäre damit nicht einmal eine erste Lüge ausgesprochen worden. Dazu kam es jedoch nicht, denn der nächste Schritt bestand darin, dass Selina ebenfalls auftauchte, die Situation erfasste und geistesgegenwärtig gleich ihre Schultasche ansteuerte, um ihr Handy herauszuholen. Sie werde jetzt seine Nummer anrufen, erklärte sie, und es eine Weile klingeln lassen, dann würden sie hören, ob sich sein Telefon im Haus befinde oder ob er es irgendwo anders suchen müsse. Inzwischen war Leidegger in einem leichten Schrecken klargeworden, weshalb ein Klingeln nicht stattfinden würde, und mit einem Gefühl, das er schwer klassifizieren hätte können, sah er Selina auf dem Bildschirm herumwischen, bis sein Kontakt angezeigt wurde, und dann auf das Anrufsymbol tippen. Alle warteten gespannt und verharrten regungslos, um nicht durch Geräusche das sehr wahrscheinliche Klingeln zu übertönen. Aber es klingelte nicht. Stattdessen geschah das Unerwartete, denn plötzlich hatte Selina das Handy am Ohr.

»Da ist jemand dran«, sagte sie.

»Was?«, sagte Martina.

»Es hat jemand abgehoben. Eine Frau.«

»Was für eine Frau?«

Zu der Anruferin hatte Selina noch nichts gesagt. Sie hatte kurz das Handy vom Ohr genommen, während sie zu ihren Eltern gesprochen hatte, hielt es sich aber jetzt wieder dran. In einem ziemlich erwachsenen Einfall, auf den sie sichtlich stolz war und der sich sogar auf ihre Stimme auswirkte – sie klang plötzlich viel erwachsener, seriöser –, fragte sie die fremde Person am anderen Ende der Leitung:

»Guten Tag. Mit wem spreche ich, bitte?«

Leidegger streckte schon die Hand aus.

»Eine Frau Billich«, sagte Selina.

Sie hielt ihm das Telefon hin.

»Frau Billich?«, sagte er.

»Sie sagt, sie hat dein Handy auf der Straße gefunden. Sie hat gehofft, der Besitzer würde sich melden, sonst hätte sie es abgegeben.«

Und zu der Frau am Telefon sagte sie:

»Ich gebe Ihnen meinen Vater. Ihm gehört das Handy.«

Er nahm es entgegen, und mit der größten Zurückhaltung, zu der er imstande war, sagte er:

»Guten Tag, Leidegger spricht.«

Er musste sich sehr zusammenreißen.

»Guten Tag, Sie haben Ihr Handy verloren. Wann wollen Sie kommen, um es abzuholen? Ich könnte es Ihnen auch mit der Post schicken, falls Ihnen das lieber ist«, sagte Kamilla mit veränderter Stimme, und Leidegger dachte: Sie kann nicht sicher sein, ob jemand mithört, deshalb verstellt sie sich.

»Sind Sie zu Hause? Ich könnte gleich losfahren und es holen.«

»In Ordnung.«

»Aber nur, wenn es Ihnen keine Umstände macht.«

»Es macht keine Umstände.«

»Gut. Danke. Haben Sie vielen Dank. Ich werde in schätzungsweise zwanzig Minuten bei Ihnen sein.«

Zum Glück fiel ihm ein, was er noch fragen musste:

»Wie ist Ihre Adresse?«

Sie nannte sowohl einen falschen Ortsnamen als auch eine falsche Adresse.

»Danke noch einmal. Bis gleich.«

Er gab Selina das Handy zurück.

»Wo ist es?«, wollte Martina wissen.

Er nannte den Ortsnamen; es war Kamillas Nachbarortschaft. Eilig wandte er sich um, ohne Martina in die Augen zu sehen, griff nach dem Schlüssel, den er bereits am gewohnten Platz abgelegt hatte, und machte sich aus dem Staub, um keine weiteren Fragen aufkommen zu lassen. Er kam sich schon vor wie vor Gericht: Keine weiteren Fragen.

Wieder saß Leidegger im Auto, wieder allein mit seinen Gedanken. Beinahe musste es ihm vorkommen, als fände sein Denken überhaupt nur mehr im Auto statt. Davor schauderte es ihn dermaßen, dass er am liebsten umgekehrt wäre, um sein eigenes Telefon anzurufen und der hilfsbereiten Dame mitzuteilen, er brauche sein Handy gar nicht so dringend, er werde morgen tagsüber bei ihr vorbeikommen und es abholen, der Ort liege sowieso auf dem Weg. Aber natürlich ging das nicht. Erstens lag der Ort nicht auf seinem Weg, weshalb er das neben Martina und Selina nicht sagen konnte. Zweitens konnte er offiziell nicht wissen, was für Arbeitszeiten diese Person hatte, und folglich auch nicht davon ausgehen, sie sei genau dann zu Hause anzutreffen, wann es ihm gerade in den Kram passte, weshalb er vermutlich ohnehin extra würde fahren müssen. Und außerdem, wie weit sollte man die Hilfsbereitschaft einer fremden Person ausreizen?

Das kurze Lügentheater, das er mit Selinas Telefon am Ohr in seinem eigenen Zuhause, vor Frau und Tochter, aufgeführt hatte, beschäftigte ihn überraschend wenig. Als er nun die Szene im Geiste noch einmal durchspielte, um ›in sich hineinzuhorchen‹ oder ›auf sein Bauchgefühl zu hören‹ – darüber konnte er nur lachen: außer bei Magen- oder Darmbeschwerden hatte er noch nie ein Bauchgefühl gehabt, er hatte nur Hirngefühle –, war da nichts. Er hatte gelogen, vortrefflich gelogen. Wenn er zu Hause ankäme und nach der fremden Frau und dem Fundort seines Telefons befragt würde, würde er weiterlügen. Schlicht und einfach. Weshalb er sich vor der ersten Lüge dermaßen geängstigt hatte, konnte er nur mehr schwer nachvollziehen. Es war eine Angst, die plötzlich sehr weit weg war, und es half ihm der Gedanke, zwar oft die Redewendung gehört zu haben, Lügen hätten kurze Beine, aber am eigenen Leib zu spüren bekommen hatte er das noch nie. Und seit wann überhaupt ließ er seinen Lebenswandel von Redewendungen leiten? So weit sollte es noch kommen! Den eigenen Kindern brachte man bei, nichts auf vorgefertigte Anschauungen zu geben, erst recht nicht auf althergebrachte Redewendungen, sondern eine eigene Meinung herauszubilden und nur darauf zu vertrauen. Dasselbe musste selbstverständlich für ihn gelten, wollte er als Erwachsener mit gutem Beispiel vorangehen. Wie kurz Lügenbeine tatsächlich waren, würde er schon selbst beurteilen, danke sehr. Wie wohl die meisten Ehesünder war er außerdem zwischenzeitlich zu der Überzeugung gelangt, ein freiwilliges Geständnis sei kein Beweis für moralisch vorbildliches Handeln, sondern reiner Egoismus. Das eigene Gewissen zu erleichtern, um im selben Atemzug seine Nächsten zu schwerwiegenden Entscheidungen zu zwingen, hatte wenig Moralisches an sich. Die Lüge war in einer solchen Lage das am wenigsten Verwerfliche. Er konnte sich leicht ausdenken, wie sehr ein fortdauerndes Lügenmüssen einem Menschen zusetzen konnte, sodass er schwach wurde und sich entweder aus freien Stücken oder durch einen unbeabsichtigten (vielleicht unbewusst beabsichtigten) Fehler selbst entlarvte, aber so weit war er noch nicht. Er hatte mit dem Lügen ja gerade erst angefangen! Bis es mit ihm so weit gekommen wäre, würde noch viel Wasser die Flüsse hinabfließen. Es konnte also weitergehen. Er seufzte mit Absicht und erwartete, es würde diesem Seufzen Erleichterung folgen, aber das tat es nicht.

Zum zweiten Mal innerhalb eines kurzen Zeitraums war er nun also unterwegs, um sein Handy zu holen, weil er es in seiner Zerstreutheit einzustecken vergessen hatte. Das erste Mal, noch vergleichsweise harmlos, bei sich zu Hause, nachdem sie verschlafen hatten; das zweite Mal, durchaus nicht mehr harmlos, bei der Affäre. Als ob er es nicht geahnt hätte! Nicht das Vergessen hatte er geahnt, aber etwas in Zusammenhang mit dem verflixten Handy und die dramatische Zuspitzung seiner Lage, die das mit sich bringen würde. Bitte sehr, jetzt war es eingetreten. Wer hätte sich da nicht zu den eigenen Wahrsagekünsten gratuliert und laut und stolz ausgerufen: »Ich wusste es! Ich wusste es die ganze Zeit!« Dass in einer durchschnittlichen Ehe in einer hochtechnologisierten Welt ein moderner elektronischer Kommunikationsgegenstand über das Schicksal eines Ehebrechers entscheiden würde, lag auf der Hand. Genau deswegen hatte er so gut aufgepasst! Keine Telefongespräche zu Hause, keine Textnachrichten, keine sozialen Medien, keine synchronisierten Kalender. Wozu diese ganze Vorsicht, wenn es letzten Endes umsonst war! Hätte er das Handy jetzt bei sich gehabt, hätte er es aus dem offenen Fenster geschleudert und mit Freuden zugesehen, wie es von den Reifen eines vorbeifahrenden Lastwagens erfasst würde. Wie einfach alles wäre, wenn es noch Münztelefone gäbe! Ein Münzapparat konnte nirgendwo liegen gelassen werden, ein Anruf aus einer Telefonzelle wurde nicht sichtbar gespeichert und konnte von niemandem nachverfolgt werden, jedenfalls nicht von einer Privatperson. Wie sinnlos er schon wieder das Wünschen betrieb, war ihm hinlänglich bewusst, doch weil sein Zorn jetzt gegen die Mobiltelefone gerichtet war, folgte der Wunsch nach einer handylosen Zeit als der einzig logische Schluss.

Frau Billich, dachte er plötzlich in diesen Zorn hinein und ertappte sich bei einem Lächeln. Genau das mochte er an Kamilla, ihre spontanen Einfälle, ihr Talent für das Unerwartete, ihre Kreativität. Alles eigentlich, was er an sich selbst vermisste. Sogleich verspürte er wieder eine Sehnsucht nach ihr, und wieder war es keine Sehnsucht nach Körperlichkeit, sondern nach etwas Abstraktem, nach dem Besonderen und Überraschenden. Diesmal jedoch überwältigte ihn eine Erkenntnis, bei der es ihm fast den Gasfuß vom Pedal schüttelte, so unbarmherzig fuhr sie in ihn hinein: Es bestand die reale Möglichkeit, dass er Kamillas Persönlichkeit in Hinblick auf ihren Einfallsreichtum, ihre Spontaneität und Besonderheit überschätzt hatte. Wer zu Gewohnheitsliebe und eingefahrenen Bahnen neigte, war von Natur aus empfänglich für interessante Abweichungen. Wer jahrzehntelang auf die gleiche Art und Weise das Haus verließ, die Türklinke drückte, den Schlüssel herumdrehte, ihn in der Tasche verstaute, mochte es für eine Offenbarung des Außerordentlichen halten, den Schlüssel plötzlich mit der linken anstatt mit der rechten Hand ins Schloss zu schieben. Oh du Besonderheit! Und wer es selber nicht auf die Reihe kriegte, sondern eine andere Person dabei beobachtete: wie einzigartig, wie außergewöhnlich, den Schlüssel mit der linken Hand greifen, einfach so. Was für ein interessantes Individuum musste das sein! Auf der Stelle eine Affäre anfangen mit dieser Person, und alles würde sich in Wonne auflösen. Es gibt noch Hoffnung in dem grässlichen grauen Alltag! Sofort, nachdem Leidegger dies gedacht hatte, sah er sich nach einem Straßengraben um. Aber es gab hier keine Gräben, nur weite, ebene Fläche. Sogar die Landschaft verhöhnte ihn jetzt, indem sie ihm die Möglichkeit entzog, sein erbärmliches Leben in einem Straßengraben zu beenden. Doch der Zorn gegen die Landschaft war ein unfruchtbarer Zorn, deshalb richtete er ihn wieder zurück gegen Kamilla.

Er dachte: Also schön, meine verehrte Frau Billich, sagen Sie mir doch bitte Folgendes: Wieso sind Sie an mein Handy gegangen? Sie haben gesehen, wer angerufen hat. Sie haben den Namen meiner Tochter auf dem Display aufscheinen sehen. Sie hätten nicht abheben müssen. Aber Sie wollten es, ist es nicht so?

»Du wolltest es!«, rief er in den Hohlraum seiner fahrenden Gedankenschmiede. »Du hättest es klingeln lassen können. Du hättest warten können, bis es mir auffällt und ich es abholen komme. Aber du wolltest in mein Zuhause eindringen.«

Erst jetzt wurde ihm richtig bewusst, dass sie durch ihr Abheben an seinem Telefon so etwas wie einen stimmlichen Hausfriedensbruch begangen hatte, und das gewiss mit voller Absicht, eine weitere Sprosse auf der unausweichlichen Eskalationsleiter.

Er parkte direkt vor ihrem Haus. Sie hatte ihn kommen gehört, stand in der Tür und hatte sein Telefon in der Hand. Sie gab es ihm nicht gleich. Er riss es ihr aus der Hand und wollte gehen. Er hatte nicht vor, das, was er schon in aller Deutlichkeit seinem Auto mitgeteilt hatte, auch ihr noch einmal zu verkünden. Er hatte es satt, alles zweimal zu erzählen.

»Du glaubst wohl, du bist irgendwie im Recht, oder wie?«, rief sie. »Mir das Handy aus der Hand reißen und das Opfer spielen. Im Ernst jetzt?«

Er blieb stehen und drehte sich zu ihr um.

»Du hast mit meiner Tochter telefoniert«, sagte er.

»Na und? Die Geschichte ist wasserdicht.«

»Du hättest nicht abheben müssen.«

»Du hast gesagt, du rufst mich an. Wolltest du das ohne Telefon tun? Abgesehen davon will ich es vielleicht nicht hierhaben.«

»Was wäre gewesen, wenn Selina auf Lautsprecher umgeschaltet hätte? Martina ist direkt danebengestanden.«

»Ich wüsste nicht, dass sie jemals meine Stimme gehört hätte«, sagte Kamilla. »Außerdem habe ich mich bemüht und mit verstellter Stimme gesprochen, wie dir vielleicht aufgefallen ist. Ich habe dich mit Sie angesprochen und einen falschen Ort und eine falsche Adresse genannt. Wäre es dir lieber gewesen, ich hätte gesagt: ›Hallo, Selina, wir kennen uns nicht, aber gib mir mal deinen Vater, er hat sein Handy bei mir vergessen, nachdem wir es getrieben haben.‹«

»Das haben wir nicht.«

»Ach ja, richtig. Dann also: ›nachdem wir eine Ewigkeit nackt auf dem Sofa herumgelegen sind und er mit dem Handy, das ich mir gerade ans Ohr halte, Nacktfotos von mir geschossen hat.‹«

»Du kannst so witzig sein manchmal, weißt du das?«

»Es ist ja auch alles ein Witz, oder etwa nicht? Jedenfalls waren das deine Worte, wenn ich mich richtig erinnere.«

»Aber ein bisschen heimzahlen wolltest du es mir schon«, sagte er kleinlaut.

»Ein bisschen, ja. Hättest du auch getan, wenn ich dich als billig und banal bezeichnet hätte.«

Er zuckte mit den Schultern.

»Sag es wenigstens. Sei wenigstens nicht so feig und sag es!«

»Wahrscheinlich«, sagte er, weil ihm die Lust, sich zu ärgern, vergangen war. Und weil sie vermutlich wieder einmal recht hatte.

»Ruf mich an«, sagte sie.

»Willst du jetzt doch telefonieren?«

»Nein«, sagte Kamilla. »Ich will nur wissen, wie es weitergeht. Und jetzt solltest du besser nach Hause fahren. Und die Fotos löschen.«

Die Fotos!, dachte er und wurde fassungslos darüber, wie viel Glück im Unglück ihm schon wieder zuteilwurde. Hätte er das Telefon nicht bei Kamilla vergessen, wären die Aufnahmen von Kamillas nacktem Körper womöglich gespeichert geblieben, frei einsehbar für Martina, wenn sie einmal nach seinem Handy gegriffen hätte. Obwohl er sehr penibel darauf bedacht war, alle seine digitalen Spuren als Ehesünder zu löschen, waren inzwischen auch in diesem Punkt keineswegs Fehler ausgeschlossen. Wieder hatte er Glück gehabt, wahrscheinlich zu viel Glück. Auf die Frage, ob einem einzelnen Menschen so viel Glück überhaupt zustand, hätte Leidegger nicht rundheraus antworten können. Aber es bestand eine klare Tendenz zum Nein.

Er löschte alle Fotos, ohne sie noch einmal genauer zu betrachten. Es wäre eine schmerzliche Wahrheit gewesen, die ihn dabei erwartet hätte, eine Wahrheit, die er sich schnellstmöglich aus dem Sinn schaffen wollte. Einen Moment lang hing er dem Gedanken nach, auch als mittelmäßiger Kunstfotograf könne er glücklich werden, genau wie viele andere auch. Aber er wusste, bei ihm würde das nie der Fall sein. Ein schlechter Künstler, der nicht wusste, dass er schlecht war, mochte ein glücklicher Künstler sein. Er dagegen war schlecht und wusste es, das war das Dilemma. Des Öfteren schon hatte Leidegger sich gewünscht, etwas weniger über sich Bescheid zu wissen, und er wünschte es sich wieder. So, wie es im Auge den blinden Fleck gab, wünschte er sich einen dummen Fleck im Gehirn, und zwar genau an der Stelle, die für das Über-sich-selbst-Bescheid-Wissen zuständig war. Und noch einen zweiten, der ein wenig das Über-sich-selbst-Nachdenken einschränkte. Es sollte nicht ganz ausgelöscht werden, nur abgedämpft. Noch besser wäre ein Regler, mit dem man es selbst einstellen könnte, herabdimmen wie bei dem Deckenfluter, den sie im Wohnzimmer stehen hatten. Er lächelte bei der Vorstellung, weil er schon wieder im Land der Wünsche auf Besuch war und nicht mehr nur über sich selbst, sondern jetzt auch noch über das Über-sich-selbst-Nachdenken nachdachte. Hinein in den dummen Fleck mit den dummen Künstlerfantasien! Um weniger an sich selbst zu leiden, rief er sich seine Fähigkeiten als Hochzeitsfotograf ins Bewusstsein, in der Hoffnung, damit seine Unfähigkeit als Künstler zu überspielen, wie bei einem Videoband.

Er kam nach Hause, wo er offenbar neugierig erwartet wurde. Selina lag auf dem Sofa und las, hatte sich auf den Rücken gelegt und das Buch wie ein Dach über dem Gesicht. Als er hereinkam, fuhr sie auf wie ein Springteufel, mit einem Ausdruck in den Augen, als erwarte sie eine Überraschung. Martina war im Garten, hatte offenbar das Auto gehört und trat soeben durch die Terrassentür herein. Auch in ihrem Gesichtsausdruck lag Erwartung. Vielleicht auch Misstrauen, das konnte Leidegger zum gegebenen Zeitpunkt nicht genau sagen. Er begriff diese Neugier nicht. Was um alles in der Welt glaubten sie denn, was er Interessantes zu berichten hätte? Ihm war das Handy aus der Tasche gefallen, jemand hatte es gefunden, er hatte es abgeholt. Eine wenig bemerkenswerte Angelegenheit, wenn man es recht bedachte. Für eine Sekunde glaubte er sogar selbst, dass das alles war, dass nicht mehr dahintersteckte, so unbeschwert fügten sich die Lügengeschichten schon zusammen.

»Wo hast du es verloren?«, fragte Martina.

»Das weißt du doch schon«, sagte er.

»Ja, aber wo genau?«

»Auf dem Gehweg.«

»Wie ist es dort hingekommen?«

Diese Befragung behagte Leidegger nicht. Ebenso wenig Martinas Gesichtsausdruck, der inzwischen entschieden misstrauisch war. Etwas an diesem Ausdruck verriet ihm, dass es noch etwas gab, was sie gegen ihn verwenden konnte, einen Trumpf, den sie noch in der Tasche hatte. Er hasste es, von ihr mit diesem Gesicht angesehen zu werden, weil sich darin meistens seine Niederlage ankündigte; wenn es Streit gab und ihr nach langem Hin und Her ein Argument oder Beispiel einfiel, gegen das er nicht mehr ankam, wurde es praktisch jedes Mal von diesem Gesicht begleitet. Und auch wenn der Streit in aller Regel danach beendet war, die schlechte Stimmung war es nicht. Wie bei so vielen Männern führten schlagkräftige Argumente nicht zur Einsicht und der Beilegung des Streits, sondern er war danach oftmals mehrere Stunden beleidigt und sprach kein Wort mit ihr.

Auch Selina war sichtlich angegriffen von der aufkommenden Stimmung. Sie war mit den Streitmustern ihrer Eltern wohlvertraut, kam aber kaum dagegen an. Manchmal verschwand sie in ihr Zimmer oder hinaus in den Garten, manchmal blieb sie und zeichnete oder las in einem Buch (oder tat zumindest so). Wie es in ihr aussah, merkte Leidegger, als sie sich an den Tisch setzte und wortlos ihre Zeichensachen ausbreitete; sie senkte den Kopf, vergrub die Augen in dem Blatt Papier und wurde buchstäblich immer kleiner.

»Es muss mir aus der Tasche gefallen sein.«

»Was hattest du in dem Ort zu tun?«, fragte Martina.

»Du weißt, was ich beruflich mache, oder? Ich war bei einem Kunden.«

»Ein Termin?«

»Natürlich ein Termin.«

»Dein einziger heute?«

In die Enge getrieben, dachte Leidegger: Die Lage spitzt sich zu. Und dann mit Kamillas Stimme im Ohr: »Die Geschichte ist wasserdicht.« Nur war er sich durchaus nicht sicher, ob das stimmte. Aus irgendeinem Grund ahnte er, Martinas letzte Frage könnte eine entscheidende sein, eine Entscheidungsfrage. Weil ihm keine Zeit blieb, irgendetwas zu ergründen, und weil er auf einmal einen Anflug von Gleichgültigkeit in sich herabsinken spürte, antwortete er auf gut Glück:

»Ja. Wieso fragst du?«

»Weil du zu der Frau am Telefon gesagt hast, du brauchst

zwanzig Minuten zu ihr. Aber danach erst nach ihrer Adresse gefragt hast.«

Der Ärger, der jetzt in ihm emporschoss, war so authentisch, dass er sich schon bei der Vorbereitung dessen, was er gleich sagen würde, im Recht sah, zumindest aber zum Ärger berechtigt.

»Was genau ist eigentlich dein Problem!«, rief er. »Mir ist nach meinem Termin das Handy aus der Tasche gefallen. Die Frau hat es gefunden und zu sich nach Hause genommen. Ich hatte heute nur in diesem Ort zu tun. Ich wusste also, wo ich hinfahren muss, aber nicht, wohin genau. Deswegen muss man doch nicht so ein Theater veranstalten!«

Als er fertiggelogen hatte, war er überwältigt, wie verflucht richtig sich das Falsche anhörte. In der authentisch gelogenen Entrüstung war alles grundsolide und vollkommen logisch. Wenn in der Politik mit einer famosen Selbstverständlichkeit Unwahrheiten verbreitet wurden, hatte sich Leidegger wie viele andere die inzwischen klassisch gewordenen Fragen gestellt, ob diese Menschen nachts noch schlafen und sich überhaupt noch im Spiegel betrachten konnten. Hätte er nicht ohnehin geahnt, wie naiv diese Fragen waren, hätte er es spätestens jetzt herausgefunden. Er war sich ziemlich sicher, bei der nächsten Begegnung mit seinem Spiegelbild nicht vor Scham niederzubrechen, und wer generell nicht mit Schlafproblemen zu kämpfen hatte, würde gewiss auch als Lügenbold weiterhin gut schlafen. Was ihm im Augenblick allerdings ungleich mehr zu schaffen machte, war der Anblick seiner Tochter. Abgesehen von der Vorstellung, sie habe womöglich aus Unwissenheit insgeheim für ihren betrügenden Vater Partei ergriffen, empfand er plötzlich ein verzweifeltes Mitleid mit ihr, weil sie wieder einmal Zeugin eines elterlichen Streits werden musste. Sie hatte zu zeichnen aufgehört, der Stift schwebte knapp über dem Papier in der

Luft, sie hatte den Blick leicht angehoben und sah aus, als warte sie auf die Eskalation. Es tat ihm leid, sie emotional so beeinträchtigt zu sehen, und ohne Martina noch einmal anzusehen, setzte er sich zu ihr an den Tisch. Er verspürte das große Bedürfnis, durch körperliche Nähe auszudrücken, wie sehr er mit ihr mitfühlte. Auch er hatte als Kind seine Eltern häufig beim Streiten miterleben müssen, und genau wie bei ihr hatte die Unruhe bereits eingesetzt, bevor das Streiten erst richtig unangenehm wurde. Eine zugeschlagene Tür, ein Fersenaufstampfen, ein gehässiger Blick, eine sarkastische Frage – stechende Befürchtungen, die sich nur allzu oft bewahrheitet hatten. Wie heftig der Streit schließlich ausfiel, ob es zur Eskalation kam oder ob eine Auseinandersetzung in letzter Sekunde unterdrückt wurde, spielte dabei eine untergeordnete Rolle. In einem Unterdrücken lag keine Aussicht auf Besserung. Irgendein Zufall hatte ihn das eine Mal verhindert oder vergleichsweise harmlos ausfallen lassen, aber das nächste Mal nicht. Dieselbe finstere Anspannung jetzt an Selina beobachten zu müssen, schmerzte ihn. Er spürte, wie es ihn hinter den Augen drückte. Er umarmte sie.

»Soll ich ausmalen?«, fragte er.

»Jetzt noch nicht«, sagte sie.

»Was wird es? Ein Mädchen mit Drachenflügeln?«

»Ein Vampirmädchen.«

»Aha«, sagte er und nickte, obwohl sie es nicht sehen konnte, da sein Kopf sich direkt neben ihrem befand, fast auf ihrer Schulter aufliegend. Aber spüren konnte sie es, was ihm in diesem Moment sogar lieber war. Ihr in die Augen zu sehen, hätte alles nur schlimmer gemacht. Zusätzlich zu dem eigenen Spiegelbild, das man nicht mehr betrachten konnte, und dem fehlenden Schlaf, unter dem unmoralisch handelnde Menschen zu leiden hätten, fiel ihm die Redensart ein, jemandem nicht mehr in die Augen sehen zu können. Ich kann meiner eigenen Tochter nicht mehr in die Augen sehen!, dachte er. Instinktiv reagierte sein Arm mit einer noch festeren Umarmung. Er wollte ihr gern sagen, wie lieb er sie hatte, tat es aber nicht. Er selbst hatte es immer zutiefst verabscheut, wenn seine Mutter oder sein Vater ihm nach einem elterlichen Konflikt mit Liebesbekundungen zu Leibe gerückt waren, denn er hatte sie als die reinste Heuchelei empfunden. Jedes Mal hatte er sich vorgestellt, seine Eltern wären gleichzeitig zwei Personen, in der Mitte geteilt in eine gehässige und eine liebevolle Hälfte, von denen eine notwendigerweise falsch sein musste. Mit Falschheit umarmt und betätschelt zu werden, hatte er nur mit Falschheit beantworten können, indem er es nämlich, anstatt davonzulaufen, über sich ergehen ließ. Als er sich daran erinnerte, umarmte er Selina noch einmal kurz und stand auf. Er wollte sie nicht mit Falschheit martern, brachte es aber nicht über sich, sie einfach sitzen zu lassen. Martina, die freilich auch noch da war, schien seine Zerrissenheit zu bemerken, und es war ihr hoch anzurechnen, dass sie den Streit nicht fortsetzte. Zu hoch, für seine Begriffe, da sich das erst recht auf sein Gewissen auswirkte.

Wie er sich aus dieser Zwangslage befreien könnte, fiel ihm ein, als Martina ein Glas aus dem Küchenschrank nahm und sein Blick auf die Eisschale fiel, die sie vor vielen Jahren auf einer Urlaubsreise in einer Raststation als Geschenk bekommen hatten. Daran erinnerte er sich in diesem Moment, aber leider hauptsächlich an die zersetzende Stimmung, die damals so häufig zwischen Martina und ihm geherrscht hatte, eine permanente Gereiztheit, die um ein Haar zur Scheidung geführt hätte. Sie hatten ein Haus gebaut und ein Kind bekommen, und wie bei so vielen Paaren hatten Anspannung, fehlender Schlaf, Stress und der fortdauernde Verantwortungszwang die schlechtesten Seiten in ihnen hervorgekehrt. Das Geschenk von der Urlaubsreise damals, die Eisschale, auf der ein fröhliches Clownsgesicht aufgedruckt war – und das ihm jetzt aus dem Schrank heraus kurz zugelächelt hatte –, hatten sie nur deshalb bekommen, weil Selina in dieser Raststätte als Reaktion auf einen Streit zwischen ihren Eltern eine fürchterliche Szene mit Weinkrampf und Tobsuchtsanfall dargeboten hatte. Er sah die Kellnerin vor sich, wie sie vor Mitleid fast in Auflösung geriet, und Selinas Kleinkindgesicht, als ihr klar wurde, der nette Clown müsse nicht in diesem Restaurant zurückbleiben, sondern dürfe ab sofort und ausnahmsweise bei ihr zu Hause leben.

Eis essen, dachte er. Ich werde sie fragen, ob wir Eis essen gehen.

»Wollen wir Eis essen gehen?«

Ähnlich wie damals klarte sich Selinas Blick auf, und es war Leidegger beinahe unangenehm, wie gut der Trick funktionierte. Selina stand sofort auf, um sich Schuhe anzuziehen.

»Kommst du nicht mit?«, fragte er Martina.

»Nein, geht ihr nur zu zweit«, sagte sie, »das wird sicher nett.«

Und das wurde es. Er hätte sich andere Voraussetzungen gewünscht, unter denen diese Zweisamkeit stattfand, keine jedenfalls, die mit einer vorangegangenen Auseinandersetzung sowie einem schlechten Gewissen zu tun hatten, doch daran war nichts mehr zu ändern.

Sie sprachen nur wenig auf dem knapp zehnminütigen Weg in das Lokal. Leidegger bemühte sich, keine übertriebene Lieblichkeit über Selina auszuschütten, was ihm wohl nur deshalb gelang, weil auch sie das Schweigen zu bevorzugen schien. Ein Schweigen, das trotz allem kein störendes, quälendes, bedeutungsvolles war. Das wäre es gewesen, wenn Martina mitgekommen wäre. Das hatte sie genauso gut gewusst wie er. Die Frage, ob sie zum Eisessen mitkommen wolle, hatte er aus reiner Höflichkeit gestellt, als oberflächliches Friedensangebot, und insgeheim auf eine verneinende Antwort gehofft. Auch das hatte Martina gewusst, und deshalb war sie nicht mitgekommen. Sie hatten den Streit nicht beendet, bloß unterbrochen, diese Tatsache schwirrte ihm zwar durchaus im Hinterkopf herum. Aber nur dort. Wie einer, der bereits in der Gewissheit eines bevorstehenden Übels wandelte, sah er zu Selina hin und dachte pathetisch: Das kann mir keiner nehmen! Vater und Tochter auf einem Spaziergang im Frühsommer. Sofort legte er ihr den Arm um die Schulter. Ein Foto, dachte er, davon müsste ein Foto gemacht werden. Er dachte über ein Selfie nach, aber nur kurz. Erstens gelangen ihm selten gute Selfies, zweitens wollte er den Arm nicht von Selinas Schulter nehmen, drittens empfand er Selfies als größtmögliche Peinlichkeit des sogenannten Fotografierens. Eine ganze Minute oder sogar noch länger gingen sie so, und es rührte Leidegger sehr, dabei keine Sekunde lang das Gefühl aufkommen zu spüren, sie ließe es nur über sich ergehen. Diese Rührung funktionierte, weil sie sehr weit entfernt in dem Bewusstsein stattfand, dass es der Arm eines Lügners und Ehebrechers war, der auf der Schulter seiner Tochter lag. Die ganzen anderthalb Stunden, die sie allein waren, funktionierte es, und noch ein wenig darüber hinaus. Wie er kurzzeitig hatte glauben können, ein Ehebruch könne sich positiv auf die Ehe selbst auswirken, war ihm allerdings jetzt schon ein Rätsel.

8

Leidegger mähte den Rasen. Das Wetter war herrlich, fast zu herrlich, um es für Gartenarbeit zu nutzen, aber zum ersten Mal seit längerer Zeit hatte er sich wieder ehrlich darauf gefreut, entspannt auf dem leuchtend grünen Rasen seine mähenden Bahnen zu ziehen. Woher diese Freude kam, war ihm selbst nicht recht begreiflich, aber er nahm sie zufrieden in Empfang. Er freute sich über die Freude. So oft, wie er sich letzthin über den Ärger geärgert hatte, packte er dankbar die Gelegenheit beim Schopf, sich zur Abwechslung einmal wieder an der Freude zu erfreuen.

Martina saß auf der Terrasse. Sie hatte sich Leim und eine Unterlage geholt und klebte das hölzerne Windspiel, das vor zwei Tagen bei einem nächtlichen Unwetter vom Baum geweht worden war. Zwei kleinere Röhren lagen in mehrere Teile zerbrochen vor ihr auf der Tischfläche, während die große in der Mitte glatt durchgebrochen war. Mit einer kleinen Raspel, die sie irgendwo im Haus gelagert haben musste, sah er sie konzentriert über die Tischplatte gebeugt sitzen und mit kurzen, flinken Bewegungen behutsam die Bruchstellen aufrauen, damit der Leim besser hielt. Wie er sie so beobachtete, stellte er einmal mehr fest, wie geschickt sie im Basteln und Handwerken war. Es gefiel ihm zuzusehen, wie sie mit dem Holz und dem feinen Werkzeug umging, und es gefielen ihm ihre Finger. Auf einmal schien es ihm, als ob er diese Finger seit Jahren nicht mehr bewusst angesehen hätte, und er schämte sich dafür. Wie schön er früher ihre Finger gefunden hatte! Doch anstatt noch länger, noch intensiver hinzusehen, wandte er sich verlegen ab, weil er plötzlich der Meinung war, er habe es nicht verdient, sich diese Finger länger als unbedingt nötig zu besehen. Und mähte weiter.

Sobald er das Mähen beendet hätte, wollte er noch den Rasensprenger aufstellen, und sie hatten ausgemacht, während die Gartenbewässerung stattfand, ein neues Gesellschaftsspiel auszuprobieren. Selina hatte im Internet ein Spiel von einem erfolgreichen Autor entdeckt, das erst vor Kurzem auf den Markt gekommen war und für das sie sich sehr interessierte, und Martina hatte es für sie bestellt; es war heute von der Post geliefert worden. Selina war schon immer eine begeisterte Spielerin gewesen und hatte angefangen, sich auch eigene Spiele auszudenken. Hauptsächlich deshalb, um die Pläne und Karten dafür zeichnen zu können. Auch Mangas zeichnete sie gern und dachte sich Welten und Wesen für Bücher, Comics und Videospiele aus. Aber sie mochte es, Dinge anzufassen, hatte beim Spielen gern etwas in der Hand, sie liebte es, Figuren auf Spielbrettern zu bewegen und Karten zu sammeln und auszulegen oder Würfel einzusetzen, weshalb sie Gesellschaftsspiele bevorzugte. Um zu lernen, wollte sie so viele wie möglich ausprobieren. Sie war überzeugt, es werde nicht mehr lange dauern, bis ihr selbst eine zündende Idee käme und sie danach nur mehr darangehen müsse, alles Nötige zu zeichnen und zu basteln. Die Menschen, die Spiele entwickelten, waren meist nicht dieselben, die sie auch illustrierten, das wusste sie längst, aber sie war fest entschlossen, beides zu schaffen. Letzten Winter hatte sie viel Zeit damit verbracht, ein Quartett-Spiel zu zeichnen, das sie danach ein paar Mal gemeinsam gespielt hatten. Es war sehr gut geworden, die Figuren und Symbole der jeweils vier gleichen Karten unterschieden sich nur geringfügig – das verblüffte Leidegger immer am meisten, Menschen, die mit der Fähigkeit ausgestattet waren, ein und dasselbe Motiv jedes Mal gleich zu zeichnen, oder gleich bis auf ein winziges Detail, das jedoch einen entscheidenden Unterschied ausmachte, ein veränderter Gesichtsausdruck oder eine Bewegung, wie es bei Comics oder Trickfilmen und Buchillustrationen notwendig war. Als sie noch jünger gewesen war, hatte er manchmal zusammen mit Selina gezeichnet und sich schon glücklich schätzen dürfen, wenn ihm ein halbwegs proportionales Gesicht gelang. Beim zweiten Versuch war ihm vielleicht wieder ein Gesicht gelungen, aber eines, das mit dem ersten nur eine sehr weitläufige Verwandtschaft aufwies. Leider war dieses Kartenset bereits nach wenigen Benutzungen unbrauchbar geworden, weil die Farben verwischt und der Karton von der Feuchtigkeit ihrer Hände aufgequollen war. Irgendwo aber gab es das Spiel noch, in einer Box oder Truhe auf dem Dachboden höchstwahrscheinlich, und er nahm sich vor, es demnächst zu suchen und schwärmerisch zu bewundern.

Selina war nun ebenfalls herausgekommen. Sie hatte das Spiel dabei und begann, Karten zu mischen und zu stapeln und Figuren auf kleine, bunte Plastiksockel zu stecken. Sie drückte Plättchen aus einem großen, bunten Pappkarton, packte verschiedenfarbige und verschieden große Würfel aus und arrangierte alles nach Angabe auf die dafür vorgesehenen Plätze. Wenn es so ablief wie immer – und nichts sprach dagegen –, würde sie ihren Eltern die Regeln nur in groben Zügen darlegen und erwarten, alles Übrige werde sich während des Spielens mehr oder weniger von selbst klären. Sie war sehr streng, was Spielanleitungen betraf: Nach dem ersten Durchlesen ab und zu in den Regeln nachzuschlagen war notwendig, aber eine Spielanleitung fünfmal durchackern zu müssen, weil sich den Spielenden in ihrer ungeduldigen Vorfreude der Sinn nicht erschloss, konnte nicht angehen. Schlechte Anleitung, schlechtes Spiel, lautete ihr Grundprinzip. Ein Prinzip, in dem Leidegger einen nicht geringen Anteil seiner eigenen Persönlichkeit wiedererkannte, und es befriedigte ihn der Gedanke, wenigstens etwas von sich selbst, das er als positiv erachtete, an sie weitergegeben zu haben.

Er beobachtete sie beim Aufbauen des Spiels, die Freude und Erwartung in ihren Augen, ihren Eifer, und vergaß darüber fast das Rasenmähen. Daneben Martina, die den letzten abgesplitterten Teil mit Leim beschmierte und festdrückte, währenddessen kurz aufblickte und lächelnd etwas zu Selina sagte. Er ließ den Blick weiterwandern zu den schönen, naturbelassenen Gartenmöbeln auf den Steinfliesen der Terrasse, den schmalen, mit einem niederen Holzzaun eingefriedeten Kräuterbeeten links und rechts, dem leuchtend grünen Rasen davor – das Bild, das sich ihm bot, rührte ihn unsäglich: Er lebte den Traum einer bunten Wochenendbeilage. Und nichts daran war ihm peinlich! Im Gegenteil, als er über sich in der Krone des Nussbaums zwei Vögel erblickte, die einander hinterherjagten, stellte er den Rasenmäher ab, um andachtsvoll ihren Geräuschen zu lauschen. Frau und Tochter blickten zu ihm hin in der Meinung, er sei mit dem Mähen fertig geworden. Das war er nicht, er musste bloß den Vögeln zuhören und dem Frosch, der im Teich des Nachbarsgartens wonniglich quakte; der leichte Wind blies durch das Schilfgras, das Martina vor zwei Jahren eingesetzt hatte, und ließ es sanft rascheln; der Kirschbaum, den er vor vier Jahren mit Selina gepflanzt hatte, trug die ersten glatt schimmernden Früchte; die Rosmarinsträucher verbeugten sich vor dem Hochbeet mit den erntereifen Radieschen; der Flieder bedeckte den Zaun neben dem Holzschuppen wie ein violett-grüner Vorhang, und über dem Lavendel schwirrten und summten und surrten die Bienen und Hummeln, als ob es nichts Böses auf der Welt gäbe.

Aber das Böse existierte, unter anderem in Gestalt seiner selbst. Es bestürzte ihn plötzlich, wie er mehrere Monate hindurch praktisch ohne Gewissen hatte überleben können.

Eine Familie, ein Haus mit Garten, ein eigenes kleines Gebäude als Arbeitsplatz, zwei Autos, eine gesicherte Existenz, Gesundheit – was er hatte, war so viel mehr, als viele andere in ihrem ganzen Leben nie haben würden. Trotzdem hatte er das alles ohne mit der Wimper zu zucken aufs Spiel gesetzt. Warum hatte ihm das nicht genügt? Warum genügte den Menschen nie etwas? Der grüne Boden wurde ihm unter den Füßen weich bei der Erkenntnis, dass er bloß im Kleinen wiederholte, was die Menschheit über Jahrtausende im Großen praktizierte: aufbauen – zerstören, aufbauen – zerstören. Ein Barockgedicht aus der Schulzeit fiel ihm ein: »Was dieser heute baut, reißt jener morgen ein / Wo jetzt noch Städte stehn, wird eine Wiese sein«. Eine Weile lang hatte er sogar das ganze Gedicht auswendig hersagen können, aber nicht, weil sie es für den Unterricht hatten lernen müssen – das hatten sie nicht –, sondern weil es ihn so beeindruckt hatte. Diese ganze Epoche mit ihren Totenköpfen und Knochen, dem Verdorbenen und Verwesenden hatte ihn beeindruckt. Und wo war das alles geblieben? Wenn in den Nachrichten wieder einmal ein Beitrag darüber gebracht wurde, wie die Menschen im vollen Bewusstsein und absolut widersinnig die Zerstörung betrieben, reagierte er mit Fassungslosigkeit. Wer die Zeitung aufschlug, fand die Zerstörung überall: Die Umwelt, das Klima, die Freiheit, Städte und Länder, Familien wurden zerstört. Warum war er darüber immer so fassungslos, aber nicht über sich selbst? Nun ja, er war es. Nur handelte er nicht danach, sondern ließ weiterhin rücksichtslos die Familienzerstörung voranschreiten, weil er es nicht fertigbrachte, mit Kamilla Schluss zu machen. Er wollte Schluss machen, sollte Schluss machen, brachte es aber nicht fertig. Entsetzt und verärgert über sich selbst warf er den Rasenmäher wieder an und dachte: Ich muss mich darum kümmern. Gleich morgen kümmere ich mich darum. Er dachte das nicht zum ersten Mal, aber wie immer, wenn er an Kamilla und die Beendigung der Affäre dachte, überlistete ihn dieses Wort: kümmern. Wieso nur musste jedes Mal ausgerechnet dieses eine Wort auftauchen? ›Sich um eine Sache kümmern‹ bedeutete in aller Regel, einen Missstand zu bereinigen, ›sich um eine Person kümmern‹ hieß allgemein, sich aktiv um deren Wohlergehen zu bemühen. Es sei denn, man war Capo bei der Mafia: ›Kümmere dich um ihn‹ – dann war es identisch mit einem Mordauftrag. Keine der Versionen brachte Leidegger einen Schritt weiter. Erstens war Kamilla keine Sache, um die ›man sich kümmerte‹, zweitens beabsichtigte er nicht, sie umzubringen. Wie zum Teufel also sollte er sich kümmern? Er war kein Mann, der eine Frau wie einen Gegenstand nach der Benützung einfach wegwarf. Einen solchen Mann durfte es seiner überzeugten Meinung nach längst nicht mehr geben. Noch richtiger, es hätte ihn nie geben dürfen. Was demzufolge nur heißen konnte: Ein Sich-Kümmern schloss das Schlussmachen aus. Alternativ konnte man sich verlassen lassen, der Frau die Rolle der Abservierenden überlassen und sich selbst zum Wegwerfgegenstand machen. Oder er könnte es ausschleifen lassen, wie bei einem Medikament, das nicht von einem Tag auf den anderen abgesetzt werden durfte, sondern in immer geringeren Dosen noch über einen gewissen Zeitraum weiter eingenommen werden musste. Auch dazu fiel ihm ein vertrautes Wort ein: billig. Wiederholt den außerehelichen Beischlaf vollziehen und als Bonus den Vorteil genießen, einem ehrenvollen moralischen Dilemma schamlos entronnen zu sein. So billig durfte er sich nicht davonkommen lassen! Im Übrigen war es völlig belanglos, ob der Ehebetrug noch im selben Augenblick oder erst in entfernterer Zukunft ein Ende fand. Er konnte sich kein Opfer einer Affäre vorstellen, das alles auf sich beruhen ließ, nur weil die Untreue nicht erst nach acht, sondern schon nach sechs Monaten beendet worden war. Ach, es waren nur sechs Monate, nicht etwa acht, dann ist es ja gut. Die Ausweglosigkeit plusterte sich wieder einmal gehörig vor ihm auf, doch da er sie schon gewohnt war, zermürbte sie ihn nur mehr eingeschränkt. Hätte er in einem Lehrbuch der Psychologie nachgeschlagen, hätte er als nächsten Seelenzustand in solchen und ähnlichen Lebenslagen vermutlich die Gleichgültigkeit angegeben gefunden: ›In der nächsten Phase reagieren die Patienten mit Gleichgültigkeit. Nachdem Trauer, Ärger, Selbstreflexion und alle guten Vorsätze keine Linderung herbeiführten, setzt bei den Patienten eine Art der Gleichgültigkeit ein, die bisweilen zu Resignation, in einigen Fällen sogar bis zur Selbstaufgabe führt.‹ Wie herrlich, dass er sich in Gedanken schon als Patient bezeichnete! Oder hieß es Klient? Er konnte sie bereits spüren, diese Gleichgültigkeit. Und wie auch nicht? Einmal mehr war es ihm mustergültig gelungen, sich durch sorgsames Bedenken aller möglichen Aspekte in eine Lage zu manövrieren, in der alles entweder gleich richtig oder gleich falsch war. Bitte sehr, wenn die klugen Seelenbeschauer mit ihrer reichen Erfahrung die Gleichgültigkeit erwarteten, wollte er sie keinesfalls enttäuschen und brav der klinischen Forschung entsprechen. Womöglich müssten seinetwegen noch alle Lehrwerke neu geschrieben werden, das konnte er nicht verantworten. Und mähte weiter.

Als er fertiggemäht hatte, rollte er den Rasenmäher an seinen Platz im Schuppen, holte den Rasensprenger und stellte ihn am hinteren Ende des Gartens auf. Endlich kam er an den Terrassentisch, wo Selina schon ungeduldig vor dem aufgebauten Spiel wartete. Martina hatte ihre Reparaturarbeit beendet und das Windspiel zum Trocknen auf die Sitzbank neben der Hausmauer gelegt. Sie hatte Kaffee aufgesetzt und brachte zwei Tassen heraus, dann erklärte Selina die Regeln. Es sei ein Rollenspiel, sagte sie, aber keines von der hochkomplizierten Sorte, an dem mehrere Tage gespielt werde. Es gab Karten, Figuren, Plättchen und Würfel mit Symbolen, die verschiedene Klassen – Krieger, Kämpfer, Zwerg, Zauberin – repräsentierten. Auf den Karten war in groben Zügen die Geschichte zu lesen, auf der ersten die Vorgeschichte, auf den anderen standen die Missionen, die es zu meistern galt. Was sie erzählte, klang interessant, und es gefiel Leidegger, wie schön und detailreich die Zeichnungen gestaltet waren, sehr kindgerecht, aber für Erwachsene nicht weniger ansprechend, und alles, was er anfasste, fühlte sich solide gefertigt und sauber verarbeitet an. Das war nicht immer der Fall, es gab Spiele, bei denen selbst die Würfel den Anschein erweckten, als würden sie keine zwei Partien überleben; meistens wurden es dann auch nicht mehr als zwei, weil diese Spiele fast immer genauso schlecht waren wie ihre Verarbeitung.

»Es gibt sogar ein Buch zu dem Spiel, habe ich gesehen«, sagte Selina. »Da wird die ganze Geschichte dazu erzählt oder so. Und wichtig: Es ist ein kooperatives Spiel. Das heißt, wir spielen nicht gegeneinander, sondern gegen das Spiel.«

Das ließ Leidegger aufhorchen. Ein Spiel, bei dem man nicht gegen seine Mitspieler antrat, sondern das man nur gemeinsam gewinnen oder gemeinsam verlieren konnte. Das war neu. Er spürte eine Aufregung in sich, die der von Selina vergleichbar sein musste. Sich in Gedanken die Hände reibend, dachte er: Gleich werde ich etwas Neues erleben, etwas noch nie Dagewesenes. Und das im eigenen Garten, mit der eigenen Familie, mitten in dem millionenfach ausgespuckten und widergekäuten Traum des durchschnittlichen Mittelschichtmitteleuropäers. Jetzt gab es schon Spiele, bei denen man gegen das Spiel spielte! Das Leben bot also doch Überraschungen. Nicht alles war schon vorgelebt oder selbst erlebt oder nachgelebt. Das Außergewöhnliche existierte! Obwohl es nur ein Gesellschaftsspiel war – was für ein Wort: Gesellschaftsspiel; spielten nicht alle Menschen andauernd das Gesellschaftsspiel? –, konnte er förmlich vorausspüren, wie er morgen früh, von der unabänderlichen Sonne geweckt, als rundum aufgefrischter Mensch mit einer neuen Erfahrung in seine lachhafte Arbeit fuhr.

Allen gefiel das Spiel. Es war auf eine Weise einfach und zugleich komplex, und die Regeln waren überaus anschaulich und benutzerfreundlich erklärt, wie er bei einem kurzen Blick in die Anleitung sehen konnte. Man musste strategisch vorgehen, Feinde zurückdrängen und Aufträge erfüllen, die Fähigkeiten der verschiedenen Klassen mussten klug eingesetzt, die Taktik gut überlegt und mit den anderen Mitspielern abgesprochen werden. Strategie und das Glück beim Würfeln und Aufdecken der Plättchen waren die zwei großen Faktoren, die das Spiel ausmachten; im Prinzip ging es darum, durch überlegtes Vorgehen die Abhängigkeit vom Glück möglichst gering zu halten, um am Ende siegreich zu sein. Irgendwie erinnerte Leidegger das an seine eigene Lage. Auch er spielte ein Rollenspiel, auch er musste strategisch vorgehen und das Glück ausschalten. Wo die Parallelität sich schon dermaßen aufdrängte, zog er sie noch ein Stück weiter: Auch er würde nicht als Einzelperson eine Niederlage einstecken müssen, sondern die ganze Familie würde verlieren. Etwas Schweres, Dunkles sackte in ihm herab, während er dies dachte. Allerdings war bei seinem realen Spiel von Kamilla eine Regel gebrochen worden, und die leidige Wahrheit präsentierte sich dergestalt, dass das Glück nicht ausgeschaltet, sondern dadurch erst ins Spiel gebracht worden war. Bei dem Spiel aber, das vor ihnen auf dem Tisch aufgebaut war, gab es einen Drachen, der den Regeln gemäß nach jeder beendeten Runde am Spielfeldrand vor- oder zurückgerückt werden musste, und wenn die Würfel schlecht fielen, griff er am Ende die Burg an, wütete mit seinem Feueratem, und es endete mit der

Vernichtung. So gut ihm die Parallelität zwischen den beiden Spielen anfangs gefallen haben mochte, jetzt gefiel sie ihm nicht mehr.

Sie spielten fast zwei Stunden. Die erste Partie ging an die Feinde, oder an das Spiel, je nachdem, wie man es betrachtete; die zweite gewannen sie. Ein paar Mal stand Leidegger auf, um den Rasensprenger anders zu platzieren und zu prüfen, ob auch alle Pflanzen ausreichend mit Wasser versorgt wurden. Währenddessen setzte Martina noch eine Kanne Kaffee auf, sorgte für Getränkenachschub und brachte eine Schüssel mit Knabbergebäck. Es wurde ein herrlicher Nachmittag, die Zeit flog dahin. Das Wetter war wie bestellt, und Leidegger wurde nicht mehr ernstlich von zerrüttenden Gedanken gepeinigt. Irgendwie schien das mit der Gleichgültigkeit wohl zu stimmen. Für das Abendessen, das sie ebenfalls draußen auf der Terrasse einnahmen, hatte er griechischen Salat zubereitet, dazu Knoblauchbrot, kleine Schüsseln mit Antipasti und eine Karaffe Wasser mit Minzblättern. In einem Anflug sattsamer Lebenszufriedenheit schoss er mit dem Handy ein Foto des herrlich aufbereiteten Tisches mit Frau und Tochter, die bereits Platz genommen hatten, und sprach die Worte: »Wie schön wir es haben!« Es überraschte ihn selbst, mit welcher Leichtigkeit es ihm gelungen war, diesen bedeutenden Satz hörbar von seiner Zunge gleiten zu lassen, und er war gerührt von der tiefen Ehrlichkeit, die darin steckte.

Aber die rührige Stimmung hielt nur bis zum Abend, als Selina schon im Bett war und er sich mit Martina eine Serie anschaute, in der wieder einmal völlig belanglos die Hüllen fielen. Seit sie den Fernseher aufgedreht und die nächste Folge der Staffel eingeschaltet hatten, hatte er befürchtet, es werde wieder zu einer Sexszene kommen, und natürlich geschah es. Wenn Fernsehen der Entspannung dienen sollte, konnte er es getrost bleiben lassen, denn entspannt fernzusehen war ihm unter diesen Umständen nicht möglich. Bald würde er sich nur mehr Dokus oder Naturfilme ansehen, um diesen lästigen Szenen zu entkommen. Aber keine Tiersendungen, da nicht einmal im harmlosesten Kinderprogramm zum Thema Tiere das Paarungsverhalten ausgespart wurde. Leidegger empfand aufrichtige Wut, scheinbar unbeschwert dasitzen und zum tausendsten Mal zusehen zu müssen, wie zwei Menschen auf dem Bildschirm miteinander schliefen. Und aufs Neue verblüffte es ihn, wie ähnlich diese Szenen stets abliefen: Zwei Körper kamen einander näher, die Musik änderte sich, das Licht, die Kameraeinstellung, die ganze Atmosphäre wurde anders – aber anders auf die immer gleiche Weise. Wie das überhaupt möglich war! Hastig wurden Kleidungsstücke abgestreift, Bluse und Hemd fielen zu Boden, Slip und Boxershorts wurden entfernt, während die beiden Personen sich in Trippelschritten dem Bett näherten, mindestens eine davon rückwärts, ohne hinzufallen. Wenn wenigstens einmal jemand bei diesen absurden Vorspielen stolpernd zu Boden ginge! Würde er selbst bei jedem vorbereitenden Ausziehgefummel verkehrt in Richtung Bett wandern, die Unterhose bei den Knöcheln, würde er gewiss jedes zweite Mal eine Gehirnerschütterung davontragen (denn natürlich würde er mit seinem Unglücksschädel nicht auf der Matratze, sondern auf der Bettkante oder dem Bettpfosten landen oder gegen den Nachttisch schlagen). Gierig suchten jetzt auf dem Bildschirm einander die feuchten Münder, es wurde gehaucht und geschnauft und schon leise gestöhnt, schmatzende Zungenküsse wurden ausgetauscht, mit Geräuschen, die ihn jedes Mal an das Eintauchen einer Schöpfkelle in eine pampige Soße erinnerten oder an eine schleimige, klebrige Masse, in die man mit dem Schuh getreten war und die bei jedem Schritt hörbar diese kussähnlichen Geräusche erzeugte.

Wie immer hatte er gehofft, die erotische Spannung, die

sich zwischen den beiden Personen im Laufe der Handlung allmählich aufgebaut hatte, werde sich diesmal nur unsichtbar entladen, dem Auge verborgen. Wie in früheren Zeiten, dachte er, als es noch Tabus gab, als ein Frauenknöchel erotisch genug war, als noch die Vorstellungskraft regierte! Leidegger fühlte sich persönlich beleidigt von dieser geschauspielerten Lust. Schon zu Beginn der Szene hatte er gespürt, wie sich ihm wieder die Haare aufstellten und die Muskeln schmerzhaft verkrampften vor dem, was er sogleich würde mitansehen müssen. Er war sich nicht sicher, doch seinem Empfinden nach ging es Martina neben ihm nicht viel anders. Immer saßen sie bei diesen Szenen schweigend nebeneinander, beschämt und peinlich berührt in der stillen Hoffnung, es würde bald durchgestanden sein. Für wen zum Teufel wurden solche Szenen überhaupt noch gedreht? Den Jungen konnten sie gleichgültig sein, weil sie es selbst ständig trieben, den Alten war es eine schmerzliche Erinnerung an die funktionstüchtige Aufregung vergangener Jahre, für die dazwischen war es einfach nur peinlich, und alle, die allein lebten, durften sich ansehen, was sie gern wollten, aber nicht hatten. Bitte um ein wenig Zensur! Wenn es vorbei war, war Leidegger jedes Mal überzeugt, nur mehr die Askese könne ihn retten. Schon seit einer gefühlten Ewigkeit kamen ihm diese Darstellungen menschlicher Triebhaftigkeit vor wie ein Pflichtprogramm, wie etwas, das nun einmal dazugehörte oder auf das in liberalen demokratischen Gesellschaften der Gesundheit der Bevölkerung wegen nicht verzichtet werden durfte, weil man sonst Angst haben müsste, in vorsintflutliche Zeiten zurückzufallen, als erotisch angehauchte Bücher Skandale ausgelöst hatten und deren Verfasser vor Gericht gezerrt wurden. Er erinnerte sich an eine Dichterlesung, zu der Martina ihn vor zwei oder drei Jahren geschleppt hatte. Ein Schriftsteller hatte viel zu lang aus einem viel zu dicken Buch vorgelesen, und etwa bei der Hälfte seines Vortrags hatte er zum Publikum gesagt: »Jetzt kommt eine Sexszene, aber die lasse ich aus«, und aus einem anderen Kapitel vorgelesen. Ein Schriftsteller, dem seine eigene Sexszene peinlich war! Oder verhielt es sich womöglich anders und es existierten geheime Vorschriften für Kunstschaffende, die sie zur quotensteigernden Sexszene verpflichteten? Wenn ja, hätte dieser Schriftsteller sie dann nicht zwingend vorlesen müssen? Einen kurzen Moment spielte Leidegger in Gedanken ernsthaft die Möglichkeit durch, er habe sich schlicht und einfach gravierend in diesem Bücherschreiber getäuscht: Er hätte die Passage laut Vertrag eigentlich vorlesen müssen, hatte es aber nicht getan. Ein Rebell! Er hatte vorsätzlich die Vorschrift missachtet! Kampf der Sexdoktrin! Nieder mit dem Pornographiezwang! Wir schreiben wieder, wie es uns passt! Ja, ich habe die Szene verfasst, weil ich für Geld arbeite, aber vorlesen? Niemals! Es war ähnlich wie mit den Verfolgungsjagden im Actionfilm, über die Leidegger gleichfalls immer nur den Kopf schüttelte und hoffte, sie wären schnellstmöglich vorbei. Wer wollte so etwas heute noch sehen? Wer fand heutzutage noch Verfolgungsjagden spannend? Wieder schoss ihm ein Gedanke ein: Hatte die Welt, hatten die Menschen, die Männer, sich an ihm vorbeientwickelt? Liebten sie Verfolgungsjagden und Sexszenen schon TROTZDEM? Wenn er heute einen Mann sah, der zum Saufen ins Wirtshaus ging, sah er dann keinen unterentwickelten Mann, sondern einen weiterentwickelten? Gingen sie alle schon TROTZDEM? Grillten die Grillmänner inzwischen ironisch? Durfte ein Mann eine Frau wie einen Gebrauchsgegenstand benutzen und anschließend wegwerfen, sofern er es nur TROTZDEM tat? Sofort glotzte er mit weit aufgerissenen Augen in den Fernseher, um zu prüfen, was passierte, wenn er im Bewusstsein der soeben aufgetauchten Fragen hinsah. Jetzt schaue ich TROTZDEM! Leider bekam er keine Gelegenheit, dieses neue Schauen auszuprobieren und das Ergebnis zu beurteilen, weil auf dem Fernsehbildschirm bereits der Morgen danach gezeigt wurde, die Frau, die kurz noch alleine im Bett liegt, dann aufsteht, ihre Anziehsachen nicht findet und schnell in das Hemd des Mannes schlüpft, der währenddessen in seiner unaufgeräumten Küche liebevoll ein Frühstück zubereitet. Eine Frau im viel zu großen Männerhemd am Morgen danach im Licht der frühen Sonne vor dem Schlafzimmerfenster? Weder Martina noch Kamilla hatten jemals eines seiner Hemden angezogen, aber weil es ihm immerfort gezeigt wurde, wünschte er es sich sofort. Das nächste Mal, wenn er bei Kamilla wäre, würde er sie bitten, in sein Hemd zu schlüpfen und eine Weile damit herumzugehen oder sich verträumt-befriedigt vor dem Fenster in Positur zu stellen, damit er auch das endlich einmal erlebt hätte. Das Einzige, was diese Serie noch interessant machen könnte, wäre, wenn der Mann sich jetzt die viel zu kleine Bluse der Frau anzieht und mit seinem beschämend durchtrainierten Körper ratschend alle Nähte aufreißt, dachte Leidegger. Da das natürlich nicht passierte, stand er auf und ging.

»Soll ich auf Pause schalten?«, fragte Martina.

»Nein«, sagte er.

Er ging nach oben ins Badezimmer, um sich bettfertig zu machen. Er fühlte eine neue Art der Genugtuung, einem Fernsehgerät, das solche Bilder ausstrahlte, den Rücken gekehrt zu haben. Er fand keine Befriedigung in einer erotischen Szene, sondern nur mehr, indem er sich davon abwandte.

Nachdem er sich gewaschen und die Zähne geputzt hatte, öffnete er die Tür zu Selinas Zimmer einen Spalt breit, um zu ihr hineinzusehen. In dem Lichtstreifen, der aus dem Vorraum auf ihr Bett fiel, sah er eine Haarsträhne, die ihr halb übers Gesicht gefallen war, er sah, wie sich ihre Nasenflügel gleichmäßig einwärts und auswärts wölbten und jeder Atemzug die Strähne leicht zum Zittern brachte. Wie friedlich sie schläft, wie wenig sie über ihren Vater weiß, dachte er pathetisch und hielt das Ganze schon für eine Abschiedsszene. Alles das hatte er aufs Spiel gesetzt, nur weil er von der menschlichen Sexualität genervt war? Das ergab nicht viel Sinn. Das musste er einmal jemandem weismachen, dass er eine Affäre hatte, weil ihn der Sex anwiderte!

Während er sich gerade selbst mit der Einsicht beruhigte, auch geschiedene Väter würden noch zahlreiche Gelegenheiten finden, einen Blick auf ihre schlafenden Kinder zu werfen, hörte er Martina die Treppe heraufkommen.

»Wirst du mir verraten, was mit dir los war?«

»Nichts«, sagte er und ging an ihr vorbei ins Schlafzimmer.

»Du benimmst dich eigenartig.«

»Ist mir nicht aufgefallen.«

»Das hat eigenartiges Benehmen so an sich. Würde es den Menschen selbst auffallen, würden sie vermutlich damit aufhören.«

»Was ist so eigenartig daran, eine Serie nicht weiterzuschauen?«

»Stellst du dich blöd? Würde ich kurz vor dem Ende einfach aufstehen und gehen, ohne einen Mucks von mir zu geben, würde dir das auch eigenartig vorkommen.«

Er zuckte mit den Schultern.

»Steh nicht so da und zuck mit den Schultern wie ein Jugendlicher, dem alles schnurz ist«, rief sie, gedämpft, damit Selina nebenan nicht geweckt wurde, aber ein Rufen war es nichtsdestoweniger. »Die Gleichgültigkeit passt nicht zu dir. Oder ist es schon so weit mit dir gekommen, dass der einzige Ausweg ist, auf alles zu pfeifen? Ausgerechnet nach einer Sexszene in einer Fernsehserie verschwinden, also ehrlich. Würde ich dich nicht für zu unfähig dafür halten, würde ich glauben, du betrügst mich. Oder vielleicht täusche ich mich ja, vielleicht hat das jahrelange Training mit deiner Arbeitshose dich souverän und abgeklärt werden lassen.«

Er stieß einen Seufzer aus, der leicht mit einem erstickten Auflachen zu verwechseln war.

»Falls du jetzt übrigens Angst bekommen hast und glaubst, ich spioniere dir nach, kann ich dich beruhigen. Ich hasse es, wenn Frauen ihren Männern nachspionieren. Das tun nur eifersüchtige Furien.«

»Ach, ist das so?«

»Zumindest ist das meine Meinung.«

»Ich erinnere mich an eine Textnachricht, die ich vor vielen Jahren von einer gewissen Person bekommen habe, und wie du damals reagiert hast. Wenn das keine Eifersucht war, dann weiß ich nicht.«

»Das ist sehr lange her, fast wie aus einem anderen Leben.«

»Eifersucht war es trotzdem.«

»Ja. Selina war damals erst wenige Monate alt, und das Haus hatten wir gerade erst fertig. Unsere jetzige Situation ist eine völlig andere. Was ich heute verlieren würde, ist nichts im Vergleich zu damals.«

»Wie schön pragmatisch du denkst. Hast du vielleicht auch schon eine Besitzaufstellung gemacht? Oder liegt die bereits seit Jahren versteckt in einer Schublade?«

»Herrlich, wie du den Spieß umdrehst. Sollte ich denn eine machen?«

»Nein.«

»Das freut mich zu hören. Und dich stört es dann wohl auch nicht, dass du dieser ›gewissen Person‹, wie du sie nennst, demnächst wieder begegnen wirst.«

»Werde ich das?«

»Vermutlich, sogar ziemlich wahrscheinlich. Auf dem Dorffest.«

»Oh, das Fest«, sagte er.

Martina blickte ihn aus großen Augen an. Der Vorwurf, den er darin entdeckte, trieb ihn schon auf die Palme, bevor er die erwarteten Worte aus ihrem Mund hörte.

»Ich hoffe sehr, du tust nur so, als würde dir das erst jetzt wieder einfallen. Ansonsten müsste ich deine neue Vergesslichkeit für ein Indiz halten. Selina freut sich schon seit Wochen darauf. Es steht riesengroß auf dem Kalender.«

»Auf meinem steht eine Hochzeit.«

»Weiß ich. Und du sorgst dafür, dass du auf jeden Fall rechtzeitig von dort wegkommst. Übrigens haben wir das alles längst besprochen. Vor Wochen schon.«

»Eben. Du warst es, die jetzt wieder davon angefangen hat. Und mir Vergesslichkeit unterstellt.«

»Hoffentlich nur Vergesslichkeit.«

»Ich habe es nicht vergessen!«, rief er und ärgerte sich sehr berechtigt über einen neuen finsteren Blick, den Martina als Anklage seines Lautwerdens auf ihn abschoss. Ein Blick, der sagte: Pst, das Kind schläft. Es war zum Haareraufen. Es fehlte nicht viel und er hätte ihr wie ein beleidigter Fünfjähriger die Zunge herausgestreckt. Selbstverständlich hätte auch er es vorgezogen, neben dem Kinderzimmer mit der schlafenden Selina darin nicht die Stimme erheben zu müssen. Aber welcher normale Mensch konnte bei solchen Unterstellungen ruhig bleiben! Er war der Ansicht, einen Gegenschlag anbringen zu müssen oder jedenfalls etwas, das sich wie ein solcher anfühlte, deshalb sagte er:

»Woher weißt du eigentlich, dass *sie* da sein wird. Hast du mir nicht gerade erklärt, du spionierst nicht?«

»Es gibt da diese sozialen Medien.«

»Die mit Spionieren bekanntermaßen überhaupt nichts zu tun haben.«

»Nicht, wenn die Leute freiwillig Informationen teilen. Die Gemeinde hat eine Seite, auf der alle Aussteller und die

Fress- und Saufbuden vorgestellt werden, die es auf dem Fest gibt. Da ist ein Foto, auf dem auch sie drauf ist, an einem Waffelstand, den wohl irgendein Verwandter von ihr betreibt. Er hat einen Instagram-Account von seiner Bude, und wie es aussieht, hilft sie ihm öfter. Es ist also davon auszugehen, dass sie auch da sein wird. Mich interessiert das nicht besonders, und wenn es dich auch nicht interessiert, ist es ja gut.«

Hätte Leidegger beichten wollen, wäre jetzt eine günstige Gelegenheit gewesen. Aber er beabsichtigte nicht, zu beichten, und die Gelegenheit war ihm schon wieder zu günstig. Günstig war bloß ein anderes Wort für billig, und schon im Verlauf der halb gelogenen Auseinandersetzung war er mit sich darüber einig geworden, unter diesen servierten, viel zu säuberlich vorbereiteten Umständen käme eine Beichte erst recht nicht infrage. Sie hatte ihm quasi den Teppich ausgerollt, aber diesen Gefallen würde er ihr nicht tun, gehorsam darauf zu treten und den langen, schon ausgetrampelten Weg artig bis zum Ende entlangzuschreiten. So einfach kriegst du mich nicht! Sollte er sich jemals ernsthaft zu einem Geständnis durchringen, dann höchstens bei der allerungünstigsten Gelegenheit. Sofort versuchte er, während er blickausweichend an Martina vorbei ins Schlafzimmer ging und seinen Körper geräuschvoll auf seiner Betthälfte in Einschlafstellung platzierte, sich möglichst ungünstige Momente auszumalen, in denen man der Ehefrau eine Affäre beichten konnte. Gleich auf Anhieb und regelrecht synchron fielen ihm so viele ein, dass er kurz überlegte, ob er dasselbe womöglich schon einmal gedacht hatte und jetzt nur mehr auf eine fertige Liste zurückzugriff. Zuerst kamen ihm nur Orte und Szenen in den Sinn, die gewöhnlich für Heiratsanträge gewählt wurden. Für Wanderfreunde: Beim Gipfelkreuz auf einem Berg. Für Gourmets: nach einem erlesenen Menü im Nobelrestaurant. Für Romantiker (1): im Riesenrad, wenn es gerade den höchsten Punkt erreicht hatte.

Für Romantiker (2): in einer Gondel in Venedig. Für Romantiker (3): auf dem Tandem bei einer Spazierfahrt durch eine malerische Herbstlandschaft. Für Sportliebhaber: in der VIP-Lounge während eines hochkarätigen Tennisfinales. Für Okkultisten: in einer Vollmondnacht im Steinkreis von Stonehenge.

Viel besser aber gefiel ihm die Vorstellung, sein Geständnis abzulegen, während Martina sich gerade die Zehennägel schnitt und die kleinen halbmondförmigen Produkte dieser Arbeit auf einem Taschentuch aufhäufte, oder wenn sie nachts aus einem Albtraum hochschreckte und schutzsuchend seinen Unterarm umfasste, oder nachdem er wieder einmal den verstopften Abfluss gereinigt hatte und noch die braun-schmierigen Gummihandschuhe anhatte, oder wenn er nach dem Rasenmähen ins Haus ging und überall auf dem Fußboden Grasschnipsel verstreute, weil er vergessen hatte, die Gartenschuhe auszuziehen, oder wenn sie nebeneinander vor dem Badezimmerspiegel standen und er sich die Nasenhaare schnitt, die von seinem Gesicht herab in das frisch geputzte Waschbecken rieselten. Das alles dachte er, während er schon die Augen geschlossen hatte und Martina sich schweigend im Schlafzimmer auszog. Und er dachte es im Bewusstsein des bevorstehenden Endes. Jenes Endes, das er seit Kamillas unangekündigtem Besuch in der Werkstatt vorhersah. Dass seine höhnischen, makabren Gedanken dazu nichts anderes waren als ein Selbstschutz, ein in Schutzkleidung gehüllter Spott, war ihm leidlich bewusst. Er kam sich vor wie eine dieser Zeichentrickfiguren, die über einem Abgrund noch kurz in der Luft weiterrennen, bevor sie endlich bemerken, dass kein Boden mehr unter ihren Füßen ist, dann mit einem selbstironischen Blick abstürzen und zum Abschied noch winken. Als Martina ins Bett stieg und die Nachttischlampe ausschaltete, war er bereits auf dem Weg in die Schlafwelt, mit der Andeutung eines Lächelns auf den Lippen. Es war ein Lächeln, in dem die schönen Stunden eines gemeinsamen Familiennachmittags ebenso enthalten waren wie der unschöne Tagesabschluss. Ein Lächeln, von dem er, hätte er es noch als bewusst denkender Mensch miterlebt, geahnt hätte, wie sehr es ihm bald vergehen würde.

9

Die nächsten anderthalb Wochen hatte Leidegger viel zu tun. Völlig überraschend hatte er von einem regionalen Wochenendmagazin einen Anruf erhalten und sich ohne langes Herumüberlegen bereit erklärt, für die erkrankte Modefotografin einzuspringen. Der Anruf erreichte ihn in einer Phase, in der seine private und berufliche Düsternis wie ein Schwarm unbeugsamer Stechmücken fortwährend um ihn herumschwebte und bereits angefangen hatte, ihm Schlafstörungen und Appetitlosigkeit zu verursachen.

Obwohl Leidegger in Sachen Mode und Bekleidung so gut wie keine Meinung hatte, sondern vornehmlich mit Gleichgültigkeit und Verständnislosigkeit reagierte, wenn ihm auffiel, wie sehr andere von diesem Thema eingenommen waren, nur teure Markenkleidung trugen oder ständig an Hosenbeinen und Polokragen herumnestelten, damit sie auch richtig zur Geltung kamen, freute er sich auf die unerwartete Aufgabe. War er am Abend davor noch in dem Bewusstsein zu Bett gegangen, sich nach einem vermutlich lebensentscheidenden Ehestreit als geschmacklose Draufgabe nirgendwo anders hinflüchten zu können als in sein schmerzhaft langweiliges Arbeitsleben, erwartete ihn plötzlich etwas Neues, Überraschendes. Wie ein Fußballer nach einem erzielten Tor oder ein Tennisspieler nach einem unerreichbaren Rückhandschlag hatte er die Hand zur Faust geballt und sie mehrmals in schnellen, kurzen Bewegungen auf- und abfahren lassen und dazu »Yes« gerufen. Obwohl er wenig Vorstellung davon hatte, was ihn bei dieser Arbeit erwartete, war er entschieden davon überzeugt, es könne nur etwas Besseres sein. Doch das musste es gar nicht; es musste nichts Besseres sein, solange es nur etwas anderes war. Ebenso entschieden nämlich war er inzwischen davon überzeugt, dass er in eine unheilbare Melancholie verfallen wäre, hätte er nur einen einzigen Tag länger in der Monotonie seiner gewohnten Arbeit existieren müssen. Genau so etwas hatte er jetzt gebraucht. Etwas Besseres hätte er sich gar nicht wünschen können! Inzwischen gingen seine Wünsche schon in Erfüllung, bevor er überhaupt dazu kam, sie sich zu wünschen, was ihn in seiner absurd durcheinandergeratenen Lage allerdings kaum mehr verblüffte.

Es war ein großer Auftrag, bei dem er pausenlos unterwegs war. Er hatte geahnt, in dieser Zeit viele Arbeitsstunden außerhalb der Werkstatt ableisten zu müssen, »auf Achse«, wie es hieß (er erinnerte sich an eine Fernsehserie, die so geheißen hatte), aber nicht, dass es so viele sein würden. Von seinen geschätzten Routinen war in diesen Tagen nicht viel übrig. Ständig klingelte das Telefon, weil sich bei einem Shooting die Zeit oder der Ort geändert hatten oder der Redakteurin plötzlich irgendetwas einfiel, das nachgeholt werden musste. Dann wieder schoss es ihr spontan in den Sinn, eines der Shootings als eine Art Performance bei einer Vernissage stattfinden zu lassen, weil sie mit der Kuratorin persönlich bekannt war und ihr den Gefallen tun wollte, werbewirksam beides zu verbinden. Kein Tag verging, an dem Leidegger seinen Terminkalender nicht schon um halb zehn Uhr vormittags von vorne bis hinten umkrempeln musste. Jedes Mal, wenn das Telefon klingelte, zuckte er zusammen und scheute davor zurück, auf dem Display nachzusehen, welcher Kontakt angezeigt wurde. Seine Vorahnungen hatten ihn selten getäuscht. Praktisch vom ersten Tag an war das Aufscheinen der Nummer einer Person, die in irgendeiner Weise mit dem Modeprojekt zu tun hatte, gleichbedeutend mit Komplikationen, mit irgendeiner Form der Planänderung, Terminen, die neu vereinbart, dazwischengeschoben oder mit anderen getauscht werden mussten. Im selben Zeitraum musste er außerdem auf zwei Hochzeiten fotografieren, von denen eine an einem Ort stattfand, an dem er noch nicht gearbeitet hatte und den er deshalb, seinem Arbeitsethos gemäß, im Vorfeld auskundschaftete. Er hatte Kundentermine in der Werkstatt und fuhr meist kurz vor Mittag in ein oder zwei Orte, um ein Model im Dirndl oder im Hosenanzug abzulichten, nur um danach wenig erstaunt festzustellen, dass erheblich viel mehr Zeit vergangen war als angesetzt, woraufhin der darauffolgende Termin nach hinten verlegt oder auf den nächsten Tag verschoben werden musste. Nur selten, im Grunde fast nie, waren diese Verzögerungen auf Leideggers Mist gewachsen, doch weil er es war, der dazu verdonnert wurde, den Betreffenden die Planänderungen bekanntzugeben, war er es auch, der den Löwenanteil ihres Unmuts zu spüren bekam. Das zu ertragen, fiel ihm nicht leicht: ein Verehrer alles Planmäßigen und Strukturierten, der pausenlos Terminverschiebungen zu verkünden hatte! Er akzeptierte es. In seinem Auto öffneten sich nach jedem dieser Anrufe die Pforten zur Hölle, aber er akzeptierte es. Es gehört eben dazu, sagte er sich und litt still an der Ungerechtigkeit, weil er glaubte, sich durch Aufbegehren die Möglichkeit zukünftiger Aufträge für dieses Magazin zu verbauen. Stilles Leiden setzte sich gegen das Laute und Rüpelhafte auf lange Sicht selten durch, das war ihm schon aufgefallen, aber seinen Ärger auszuagieren, brachte er nicht über sich. Je nachdem, wie viel Zeit blieb und wie weit entfernt er sich gerade von seinem Wohnort befand, fuhr er für eine Stunde nach Hause, trank Kaffee mit Martina, zeichnete oder spielte im Garten Krocket mit Selina oder aß, wenn es etwas später war, noch schnell mit ihnen zu Abend, um gleich anschließend wieder aufzubrechen: zu einer Abendsession vor dem Swimmingpool einer Unternehmerin, zur Kunstausstellung, zu einer Aufnahme im Rot des Sonnenuntergangs auf der Terrasse eines neuen In-Lokals, in den Weingarten einer landesweit bekannten Winzerfamilie. Außerdem hatte er sich endlich dazu durchgerungen, seine Homepage neu zu gestalten, genauer gesagt: gestalten zu lassen, von einem Experten. Auch mit diesem Menschen hatte er Termine. Mehrmals war er kurz davor, die Sache mit der Homepage abzublasen oder zu verschieben. Doch weil es Martina gewesen war, die den IT-Profi über eine Arbeitskollegin für ihn aufgetrieben hatte, und weil diese Sache bereits vor seinem Modeauftrag vereinbart worden war und dieser Computermensch, wie er nicht müde wurde zu wiederholen, ihn großzügigerweise zwischen zwei andere Aufträge gezwängt hatte, wagte er es nicht, einen Aufschub zu erbitten.

Hatte Leidegger davor schon das Gefühl gehabt, oft mit dem Auto zu fahren, jetzt war es sein zweites Zuhause. Er aß im Auto, trank im Auto, rauchte und telefonierte im Auto. Zwischen Fototasche, Stativ und Reflexschirm hatte er zwei Hemden zum Wechseln im Kofferraum gelagert und sich sogar ein Deodorant eigens fürs Auto besorgt. Die gesamte Beifahrerseite, teils auch die Rückbank, war übersät mit Getränkeflaschen und -dosen, Einwickelpapier von Wurstsemmeln, Gemüse- und Hühnchenwraps, Sandwiches, Salzgebäck, Laugenbrezeln und Energieriegeln. Dazwischen oder darunter das Handy und der Terminkalender, Teile der Ausrüstung oder das gewechselte Hemd, und oft überraschte es ihn selbst, wie jemand, der das strukturierte Arbeiten so sehr schätzte wie er, einen derartigen Saustall produzieren konnte. Aber immer fand er das Handy beim ersten Griff, nie musste eine Person ein zweites Mal anrufen, weil sein Telefon sich irgendwohin verabschiedet hatte. Wenn jemand ihn nicht beim ersten Mal erreichte, dann nur, weil gerade jemand anderes in der Leitung war. Die Unordnung selbst gefiel Leidegger nicht, aber es gefiel ihm, was sie repräsentierte: einen vielbeschäftigten Mann, der keinen Wert auf ein gepflegtes Fahrzeug legte. Man musste im Leben Prioritäten setzen, das war eine allgemein anerkannte Wahrheit, und sein Auto zur Priorität zu erklären, war nicht im Entferntesten Teil seiner Daseinsvorstellung. Von seinem Vater hatte Leidegger die Ansicht übernommen, ein Auto sei nichts weiter als ein Gebrauchsgegenstand, »ein Mittel, um von A nach B zu gelangen«, und er stieß röchelnde Tierlaute aus, wenn er im Frühling und Sommer an Waschanlagen vorbeifuhr und auf den Freiflächen daneben Männer sah, die mit Wischlappen und Putztuch ihr soeben gereinigtes Auto reinigten. Als er einmal mit Selina in die Stadt fuhr, um ein Kostüm für eine Theateraufführung mit ihr zu kaufen, musste er zunächst alles auf der Sitzfläche Herumliegende auf den Boden fegen und dort einen Platz für ihre Füße freischaufeln. Sie lachte darüber, aber ganz sicher war er sich nicht, ob es ein ehrliches oder verlegenes Lachen war. Als sie ihm zusah, wie er sich fast nervös auf dem Boden zu schaffen machte, und währenddessen die berechtigte Äußerung tat: »Papa, du bist ein Schwein«, versetzte es ihm für eine Sekunde einen fürchterlichen Stich, weil er fürchtete, sie beziehe sich damit nicht allein auf den Zustand seines Autos. Sie hat es herausgefunden, dachte er, Martina hat es ihr erzählt! Als klar wurde, dass er bloß der ein wenig aus der Mode gekommenen Standardäußerung »Männer sind Schweine« auf den Leim gegangen war, ließ er einen erleichterten Seufzer los. »Du hast recht«, sagte er, »was für ein Saustall, heute Abend kümmere ich mich darum.«

Aber das geschah nicht, aus Faulheit und Vergesslichkeit – aber nicht nur. Fast mit Stolz genoss er den Blick eines Mitarbeiters des Magazins, der einmal kurz nach Leidegger vor Ort eintraf, neben ihm parkte und beim Aussteigen des Müllbergs auf der Beifahrerseite ansichtig wurde. »Für mich ist ein Auto ein Gebrauchsgegenstand«, äußerte Leidegger und japste vor Vergnügen. Ein halbes Mannesalter hatte er hinter sich bringen müssen, um endlich einmal einem fremden Menschen gegenüber diesen großen väterlichen Satz hervorbringen zu können. Und er sprach ihn nicht zur Entschuldigung, sondern als Beweis seiner Gesinnung. Außerdem: Wer mit so wichtigen Dingen beschäftigt war wie er, hatte keine Zeit für solche Belanglosigkeiten. Gleichzeitig dabei dem klischeehaftesten aller Klischees aufzusitzen, jenem des chaotischen Künstlers, bedrückte ihn nicht, weil er die Bedrückung nicht zuließ.

Als später, während einer weiteren Autofahrt nach einem weiteren hektischen Tag, sein Blick einmal auf den Schweinestall neben ihm fiel, dachte er in einer Art Geistesblitz: Warum hat noch kein Autohersteller auf der Welt Werbung mit zugemüllten Autos gemacht? Im Wartezimmer seiner Zahnärztin blätterte er zum Zeitvertreib manchmal in einem der dort aufliegenden Automagazine und glaubte jedes Mal, sich eine Sonnenbrille aufsetzen zu müssen beim Anblick all dieser auf Hochglanz polierten fahrbaren Untersätze. Glänzende Autos in einem Glanzmagazin: Wer zum Autokauf angeregt werden sollte, wurde auch heute noch mit dem blankpolierten Glitzer männlicher Motorenträume gelockt. Darüber konnte er jedes Mal nur die Nase rümpfen. Die Realität sah da schon ganz anders aus, zumindest seine Realität; die wartete draußen auf dem Parkplatz mit eingetrockneten Insektenleichen auf der Kühlerhaube, sandig-weißlichen Regenflecken, einer mit fettigen Schlieren übersäten Windschutzscheibe und abgeschlagenen Radkappen. Endlich hatte die Modebranche schrittweise angefangen, sich von den Magermodels zu verabschieden, jetzt war es höchste Zeit, der schillernden Autowerbung den Kampf anzusagen. Ein Foto durch die geöffnete Beifahrertür seines Autos, dazu sein Bild als durchschnittlich glücklicher Autobesitzer, und darunter Slogans wie: »Auch das hält der neue Volkswagen aus«, oder: »Dacia, für alle mit Prioritäten«. Einen kurzen Moment spielte er ernsthaft mit der Idee, ein kleines Werbeplakat anzufertigen und es als Projektvorschlag an eine Agentur zu schicken. Revolution in der Autowerbung! Endlich geht es dem PS-Glamour an den Kragen! Ein kleines zuckendes Lichtlein durchloderte sein Selbstwertgefühl angesichts dieses epochemachenden Einfalls: So unkreativ, wie er glaubte, war er also doch nicht! Wer in der Lage war, in Sekundenschnelle eine ganze Werbekampagne zu ersinnen, konnte nicht völlig talentlos sein. Im nächsten Augenblick erinnerte er sich dunkel daran, eine ähnliche Werbung schon einmal gesehen zu haben, vor einigen Jahren, irgendetwas mit einer fünfköpfigen Familie in einem Van, mit Eiscreme- und Schokoladeflecken, Keksbröseln, angekotzten Vordersitzen und so weiter, und seine kurzzeitige Hochstimmung sank in die Knie.

Aber nicht allzu tief: Er war als Fotograf von einem Wochenendmagazin angeheuert worden, und es kamen so gut wie keine negativen Rückmeldungen über seine Arbeit, das durfte genügen. Er hatte den Auftrag aus finanziellen Gründen angenommen, und es gab Phasen, in denen er es bereute und er sich selbst ausschalt, wie er nur so gedankenlos hatte sein können, sich eine solche Arbeit anzutun. Doch obwohl er es gewohnt war, sorgfältig zu planen, schätzte er diese Tätigkeit, diese Betriebsamkeit, die ihm ein so hohes Maß an Spontaneität und – da war es wieder – Kreativität abverlangte. Er gefiel sich in der Rolle des Professionisten. Er war ein bedeutendes Glied in diesem Theater; austauschbar, aber bedeutend. Ohne ihn als Fotografen lief der Laden nicht. Fotos machen konnte jeder; damit es wirksame Fotos gab, brauchte es ihn, den Profi. Er sagte es mehrmals laut vor sich hin: Profi, Profi. Genau das bist du, ein Profi. Es hätte nicht viel gefehlt, und er hätte mit ausgestrecktem Zeigefinger über den Rückspiegel auf sich selbst gedeutet und »Du bist wichtig! Du bist wichtig!« dazu gerufen wie ein absurder Redner für positives Denken und Selbstoptimierung vor einer versammelten Menge von Staubsauger- oder Waschmaschinenvertretern, wie er es aus amerikanischen Filmen kannte. Die Vorstellung verursachte ihm überraschend wenig Unbehagen, nicht in diesem Moment. Die Wichtigkeit seiner Person tat ihm wohl, wie sie jedem Menschen wohltat. Aber sie tat es nicht zuletzt in dem Bewusstsein, dass ein Ende abzusehen war, nämlich mit der Genesung der Fotografin, die er vertrat. Wer seiner Persönlichkeit nach einen gemäßigten, strukturierten Arbeitsalltag wünschte, war auch bei einer solchen Tätigkeit auf Dauer nicht gut aufgehoben.

Insgesamt erhoffte sich Leidegger von dieser zwischenzeitlichen Beschäftigung eine Steigerung seines Bekanntheitsgrads und damit in erster Linie höhere Umsätze. Im Großen und Ganzen konnte er zufrieden sein mit dem, was er verdiente. Aber die Realität sah nun einmal so aus: Würde Martina durch ihre sichere Anstellung im öffentlichen Dienst kein geregeltes Einkommen beziehen, mit dem der Großteil der monatlichen und jährlichen Fixkosten gedeckt wurde, wäre seine Lage durchaus prekär. Für Miete, Strom- und Heizkosten der Werkstatt konnte er selbst aufkommen, ebenso für die Erhaltung seines Autos. Mit seinen Einkünften ein Haus mit Garten, ein Kind und sämtliche Lebenskosten zu finanzieren, wäre praktisch unmöglich. Das Magazin zahlte gut, und er konnte schon jetzt die große Befriedigung vorausfühlen, wenn er Martina ein Exemplar dieses Druckwerks, in dem seine Arbeit enthalten war, zusammen mit der Honorarabrechnung vor die Nase hielt. Zwar stritten sie nicht oft über Geld, aber wenn doch, stand der Verlierer stets im Vorhinein fest: der selbstständige Fotograf. In diesem Moment peinigte es ihn sehr, wie aussichtslos diese Diskussionen notwendigerweise für ihn verliefen. Sowie Martina die Lust überkam, einen Streit anzufangen, von dem sie im Voraus wusste, sie werde ihn für sich entscheiden, oder sie aus einem anderen Anlass den Drang verspürte, den eigenen Ehepartner zu erniedrigen, brauchte sie nur über Geld zu reden anfangen. Ich fühle mich gerade sehr genervt von diesem Mann, er gehört wieder einmal anständig erniedrigt, lass uns doch über unsere Finanzen reden, dachte sie vielleicht. Und auch wenn Leidegger solche Gedanken bei ihr für eher unwahrscheinlich hielt – in seinem Hirn war es gedacht, und die Befriedigung angesichts seines Auftrags erfuhr eine neue Dimension. In regelmäßigen Abständen solche Aufträge an Land zu ziehen, mit genügend Regenerationszeit dazwischen, in der er seinen eigenen Prinzipien gemäß arbeiten konnte, das war seine neue Wunschvorstellung. Oder dachte er bereits an die Scheidung? War das der wahre Hintergedanke? Er bohrte und grub ein wenig in diesem Wunsch, und es entsetzte ihn, was er dabei zutage förderte: Unterhaltszahlungen und ein Leben, das er vollständig allein würde finanzieren müssen. Wie war das übrigens mit den Besitztümern und dem finanziellen Ausgleich nach einer Scheidung? Würde der nach katholischen Gesichtspunkten schuldhafte Sünder etwas bekommen? Würde er überhaupt Unterhaltszahlungen leisten müssen, wenn er geringere Einkünfte hatte als die Mutter des Kindes? Wie er feststellen musste, hatte er keine Ahnung von solchen Dingen. Er wusste nur, dass es oftmals unschön vonstattenging und Männer leicht in eine finanzielle Notlage geraten konnten. Männer, nur Männer? Irgendwie wusste er es nur von Männern, aber er wusste nicht einmal, woher er es wusste. Vermutlich vom Bildschirm oder aus der Zeitung, da weder Verwandte noch Bekannte ihm jemals über ihre Scheidungsprozesse Bericht erstattet hatten. Er spürte es wie einen schweren, polternden

Hieb, als ihm plötzlich bewusst wurde: Er dachte schon nicht mehr an den Schmerz, den er anderen – seiner eigenen Familie! – womöglich zufügte, sondern an Geld. »So bin ich nicht, so wollte ich nie denken!«, rief er, und: »Wo bleibt die Moral!« Als ihm gleich darauf einfiel, dass Martina genauso dachte, ja, ihm sogar direkt ins Gesicht gesagt hatte, wie wenig sie heute verlieren würde verglichen mit früher, wurde ihm für einen Moment leichter ums Herz. Es half, wenn er sich einredete, solches Denken liege nicht eigentlich, nicht von Haus aus, in seinem Wesen veranlagt, sondern sei nur eine direkte Reaktion auf Martinas gleichartiges Denken.

Aber halt, es gab eine Moral in der Unmoral. Selbst Gangster mordeten nach einem Kodex! Selbst Mitglieder der Mafia handelten ehrenhaft. Im Handumdrehen hatte Leidegger einen unumstößlichen, persönlichen Moralkodex für sich aufgestellt: Bei allen Widrigkeiten, die ihm in Hinblick auf den Ehebruch noch widerfahren sollten, würde er niemals an Geld, sondern stets und ausschließlich an die Gefühle der Betroffenen denken. Alles andere war verflucht nochmal nebensächlich! Unter diesem Gesichtspunkt bestätigte sich auch seine Auffassung über den niederen Charakter derjenigen, die durch ein freiwilliges, gewissenserleichterndes Geständnis alle Beteiligten in Traurigkeit stürzten. Nachdem seine Gedankenwelt nun schon zum zweiten Mal Besuch von der kriminellen Unterwelt, von Gangstern und Mafiosi bekommen hatte, schoss es ihm plötzlich ein, dass der planmäßigen Ausrottung einer kompletten Sippe auf absurde Weise so etwas wie ein menschlicher Zug anhaftete: Weil immer nur die Lebenden, niemals aber die Toten Trauer zu empfinden imstande waren, blieb nach einer umfassenden, penibel ausgeführten Blutrache keine trauernde Seele mehr übrig. Nicht trauern zu müssen, galt im Allgemeinen als etwas zu Begrüßendes, Wünschenswertes, weshalb … Ausnahmsweise konnte Leidegger ein Gedankengebilde einmal nicht fertig durchkonstruieren, weil es ihn zu sehr erschreckte.

In dieser hektischen Arbeitsphase besuchte er Kamilla kein einziges Mal. Sie telefonierten mehrmals, und immer beteuerte er, es gehe sich zeitlich nicht aus, er schaffe es nicht, zu ihr zu kommen. Einmal zuckte er mit dem Telefon am Ohr vor einer roten Ampel zusammen, nachdem er sich im vollen Ernst »Mein Terminplan lässt es nicht zu« hatte sagen hören, als ließe sich das, was ihn neuerdings mit Kamilla verband, nur mehr als eine Art Geschäftsbeziehung mit Terminen, Sitzungen, höflichen Absagen und Entschuldigungen charakterisieren. Aber war das denn nicht von Anfang an so gewesen? Hatten sie nicht von Beginn an terminlich geschlechtsverkehrt? Eigentlich schon, weil es nicht anders ging. Nur hatte es sich nie so angefühlt. Jetzt fühlte es sich so an, und es befremdete ihn, wie plötzlich dieser Umschwung eingetreten war, wie unvermittelt die Kontaktaufnahme mit Kamilla zu einer Pflichterfüllung herabgestuft worden war. Mit Ungläubigkeit entsann er sich, nachdem er wieder einmal eine seiner höflichen Entschuldigungen vorgebracht hatte, wie er vor gar nicht langer Zeit von einem Diensthandy fantasiert hatte, das es ihm erlaubt hätte, ungestört mit ihr zu telefonieren. Darüber konnte er nur mehr die Augen verdrehen und froh sein, der Idee nicht mit einem Spontankauf nachgekommen zu sein. Und natürlich waren seine Entschuldigungen gelogene Entschuldigungen. Jetzt entschuldigte er sich schon dafür, den Ehebruch nicht zu vollziehen! Wie verfahren und hirnverdreht seine Lage war, konnte er auch an den Lügen ablesen: Er belog nicht mehr nur seine Ehefrau, sondern auch seine Affäre. Hätte er noch etwas von seinem früheren, unverfälschten Drang, mit ihr zusammen zu sein, in sich gespürt, wäre es gewiss auch in dieser Phase möglich gewesen, ein Treffen zustande kommen zu lassen. So unregelmäßig, wie er zu

Hause war, hätte er Martina lediglich eine Terminverschiebung oder eine Planänderung aufzutischen brauchen und sogar noch spätnachmittags oder abends zu Kamilla fahren können.

Aber das wollte er nicht. Er wollte es nicht, weil er den Sex nicht mehr wollte. Nach jedem kurzen Telefonat, das er mit ihr führte, wollte er ihn weniger, weil ihm jedes Mal die idiotische Sexszene vor die Augen kam, die er mit Martina angeschaut und dann zu schauen aufgehört hatte. Und auch die realen Szenen erschienen ihm wie aus Filmen oder TV-Serien, vor denen er nur mehr kopfschüttelnd davongehen wollte. In einem Zeitungsbericht hatte er vor einiger Zeit von dem Phänomen der Asexualität gelesen und sich gefragt, was für eine neue, erschreckende Krankheit das wieder sein sollte. Für eine Krankheit hatte er es befunden, weil er der irrigen Meinung gewesen war, bei so etwas könne es sich nur um eine Krankheit handeln. Menschen, die freiwillig ihre Sexualität aufgaben! Sogar gelächelt hatte er darüber, erinnerte er sich. Jetzt lachte er nicht mehr. Jetzt verstand er, was mit diesen Menschen los war. Dasselbe, zumindest aber etwas sehr Ähnliches wie das, was mit ihm los war. Das Geschlechtliche war für sie keine natürliche Sache mehr, sie konnten es nicht mehr ernst nehmen. Das war der Punkt: Ihm war die Ernsthaftigkeit abhandengekommen. Wenn er heute an sexuelle Handlungen dachte, reagierte er nur mehr mit Seufzen, Kopfschütteln, Augenverdrehen oder Naserümpfen. Selbstverständlich war auch das Sexuelle keine todernste Zone, in der Spaß, Humor, Ironie absolut normal waren, aber es musste dabei immer ausreichend Platz für das Ernsthafte bleiben. Der letzte Höhepunkt, das lustvolle Ende, konnte nur ernsthaft vonstattengehen. Wer für den Sex keinen Funken Seriosität mehr aufbringen konnte, dem blieb nur der Verzicht. Wieder einmal jagte Leidegger die vermeintliche Lösung eines Problems wie der zündende Funken durchs Hirn: Kein Sex mehr, und alles würde sich in Wohlgefallen auflösen. Nun, vielleicht nicht alles, aber vieles. Auch deshalb durfte er nicht zu Kamilla fahren, um nicht rückfällig zu werden. Selbstverständlich verpflichtete ihn das Zusammensein mit Kamilla nicht automatisch zum Sex, aber er wusste, ganz egal, was sie stattdessen taten, würde ihre gemeinsam verbrachte Zeit genau und ausschließlich davon geprägt sein, dem Stattdessen. Und das Stattdessen war um nichts weniger schmerzhaft. Alles, was nicht Sex war, fühlte sich an wie ein Zusammenleben, und diesem Gefühl durfte er sich erst recht nicht hingeben. Denn auf dem Grund, dem weichen morastigen Grund dieses Gefühls lauerte das schreckliche Monster mit der Frage: Was wäre gewesen, wenn? Das tödlichste aller Monster, die tödlichste aller Fragen. Er hatte es schon erblickt, dieses Monster. Jedes Mal, wenn er bei ihr gewesen war und sie danach zusammengesessen waren, nackt, in einer gefährlichen Vertrautheit, hatte es seinen hässlichen Kopf herausgestreckt und nach ihm geschnappt, ihn mit der Vorstellung gelockt, wie es wäre, sein Leben mit Kamilla weiterzuführen. Aber das wollte er nicht, nicht eigentlich. Für das normale Leben, für den geliebten geregelten Alltag hatte er seine Familie! Das wusste Kamilla, sie wusste es von Anfang an. Er sagte es laut: »Du wusstest es von Anfang an!«

Er fühlte sich leichter, nachdem er, wie schon öfter in letzter Zeit, einen eindeutigen Sachverhalt laut und deutlich vor dem schmutzfleckigen Armaturenbrett klargestellt hatte. Ob es einer solchen Klarstellung auch direkt vor Kamilla bedurfte, würde sich in näherer Zukunft zeigen. Im Moment sah es nicht danach aus. Ihre Telefonate jedenfalls zeigten eine Tendenz, die Leidegger mittlerweile begrüßte: die Tendenz, die Sache im Sand verlaufen zu lassen. Zumindest konnte er bei Kamilla kein großes Bedauern über sein Fernbleiben feststellen. »Ist gut« oder »Verstehe« oder »In Ordnung« sagte sie, nachdem er wieder einmal sehr ausführlich erklärt hatte, weshalb sich auch diesmal ein Treffen zeitlich nicht einrichten ließ. Darüber hinaus sprachen sie wenig. Wie es ihr ging, was sie so trieb, fragte er nie und wurde auch von ihr nicht gefragt. Sie hatten sich nichts zu sagen, nichts zu erzählen, weshalb oft lange Pausen voll quälenden Schweigens entstanden. Auf die Frage, ob er stattdessen am nächsten oder übernächsten Tag zu ihr kommen wolle, wartete er vergeblich. Wie ein stilles Abkommen waren die Ergebnisse dieser Gespräche, womit er zufrieden war. Sich im unausgesprochenen Einvernehmen zu trennen, war ganz offensichtlich die Lösung, die auch von Kamilla angestrebt wurde, und dieselbe Erleichterung, die er selbst inzwischen nach jedem getätigten Anruf in sich herabsinken spürte, mutmaßte er auch bei ihr. Immer mehr Zeit würden sie ab sofort zwischen ihren Anrufen vergehen lassen, zwei Tage, drei Tage, vier Tage, bis aus dem Normalfall des Telefonierens der Normalfall des Nichttelefonierens geworden wäre, ebenso des Nichtnachrichtenschreibens, dasselbe Schema, nach dem auch Bekanntschaften, nicht selten sogar Freundschaften, sich ohne negative Begleiterscheinungen nach und nach auflösten.

Plötzlich erkannte Leidegger eine neue Symbolik, eine neue Schönheit in dem Wort: auflösen. Wie ein Häkelstück, ein Zierdeckchen oder das nie ganz fertiggestellte, leicht missgestaltete Männlein, das er im Handarbeitsunterricht in der Volksschule zustande gebracht hatte, würde seine Affäre mit Kamilla sich auflösen, schneller oder langsamer, je nachdem, wie fest sie an den Wollfäden zogen, die aus dem noch nicht vernähten Gebilde heraushingen. Nichts Verbundenes, Verwobenes würde zurückbleiben, nur die Fäden. Weil ihm die Symbolik so gut gefiel, verweilte er noch darin. Als ihm gleich darauf die Schicksalsgöttinnen in Erinnerung kamen, die der

Mythologie zufolge das Geschick der Menschen lenkten, indem sie die unsichtbaren Fäden für sie versponnen, überfiel ihn eine kitzelnde Gänsehaut angesichts solcher Bildhaftigkeit. Wie alt diese Vorstellung war, aber niemals veraltet! Etwas, das sich nie überholen, nie peinlich verbrauchen würde, nie abgedroschen wäre! Er sah aus dem Fenster und stellte es sich vor: Der Mann auf dem Gehweg mit dem Kind an der Hand – wo würde der Faden sie hinführen, von wo hatte er sie hergeführt? Es gab einen Faden zwischen den beiden und einen zur Mutter, zwei eigentlich, wenn man genau sein wollte, einen vom Vater zur Mutter und einen vom Kind zur Mutter, dann zu Großmutter und Großvater, zur Urgroßmutter und dem Urgroßvater und so weiter. Aber auch zu all ihren Freundinnen und Freunden, ihren Bekannten, den scheinbaren Zufallsbegegnungen, zu jeder kleinsten Kleinigkeit, die diese beiden Menschen in genau diesem Augenblick auf genau diesen Gehsteig geführt hatten, ein Netz aus Millionen von Fäden, für jedes einzelne Wesen. Hätte er diese beiden Menschen jemals gesehen, wenn er diesen Auftrag nicht bekommen hätte, wenn er Kamilla nicht wiederbegegnet und eine Affäre mit ihr begonnen hätte, wenn er vor vielen Jahren mit ihr zusammengeblieben wäre und Martina nicht kennengelernt hätte? Solchen Fragen nachzuhängen, war selbst für Leidegger schwer aushaltbar – obwohl die Idee des Vorherbestimmten allerdings eine große Schuldlosigkeit mit im Gepäck hatte. Aber auch ohne die Vorstellung unsichtbarer Fäden bedrückte ihn bisweilen der Gedanke, alles, was bisher in seinem Leben eingetreten war, hätte auch ganz anders eintreten können, sodass er glaubte, auf der Stelle aus der Haut fahren zu müssen. Irgendwie ergab sich alles auf diese lächerlich unergründliche Weise, einfach so. Meistens genügte es ihm in diesen Fällen, dass er sich sagte, wenn alles ganz anders eingetreten wäre, dann wäre es auf dieselbe lächerlich unergründliche Weise eingetreten, einfach so, und die bedrückende Vorstellung bedrückte ihn gleich nicht mehr so sehr. Sein unergründlicher Lebensvollzug reihte sich dann in die alles umschlingende Allgemeinsinnlosigkeit, und sogleich konnte er es sich wieder in der großen, endlosen Unerklärbarkeit, der auch alle anderen Kreaturen unterworfen waren, bequem machen und sich sogar ein bisschen schuldlos fühlen. Das war das Zauberwort: schuldlos. Die fadenspinnenden Schicksalsgöttinnen waren ein Schuldfreispruch! Nur deshalb gefiel ihm das Bild – und gefiel ihm gleich nicht mehr. Das heißt, es gefiel ihm wohl weiterhin, aber an seine Schuldlosigkeit konnte er nicht glauben.

10

Je näher das Dorffest rückte, desto nervöser wurde er. In der unseligen Gewissheit, sein ganzes zukünftiges Leben hänge davon ab, wie er sich auf diesem Fest in Gegenwart seiner Ehefrau bei der Begegnung mit Kamilla verhielt, wurde aus einem gewöhnlichen Gesellschaftsereignis eine Angelegenheit von erheblicher Tragweite.

Vier Tage waren es noch bis dahin, und mit jedem Tag wurde seine Stimmung gedrückter. Obwohl er im Großen und Ganzen kein launischer Mensch war, sah er sich zwischendurch einer schweren Verzweiflung ausgesetzt. Irgendwie gelang es ihm, den dunklen Momenten immer nur dann nachzugeben, wenn er allein mit sich war, um Martina keine zusätzlichen Verdachtsmomente ins Haus zu liefern. Hatte er anfangs noch krampfhaft nach Möglichkeiten gesucht, wie er dieser leidigen Menschenansammlung fernbleiben könnte, war er inzwischen von der Idee wieder abgekommen: Nicht auf dem Fest zu erscheinen, wäre gleichbedeutend mit einem Schuldbekenntnis. Wer sich vor einer Sache drückte, tat das nicht ohne Grund, und in seinem Fall wäre dieser Grund leider allzu offensichtlich. Er hatte es mit anderen Ausdrücken versucht, ›verhindert sein‹, ›aufgehalten werden‹. Ich könnte auf der Hochzeit aufgehalten worden sein, auf der ich davor zum Fotografieren bin, hatte er gedacht, das wäre nicht das erste Mal. Oder ich könnte mich unwohl fühlen, Kopfschmerzen oder Übelkeit vortäuschen, weil es wenig Schatten dort gibt. Sogar eine Autopanne zu fingieren war ihm in den Sinn gekommen, einen Reifenplatzer, einen defekten Auspuff oder etwas Ähnliches, durch das seine Teilnahme glaubhaft

›verhindert‹ werden könnte. Nichts davon hatte ihn restlos überzeugt, und sich eine Ausrede zusammenzuschustern, die er sich nicht einmal selbst abkaufte, konnte in der ohnehin angespannten Situation ein schlechter, womöglich sogar fataler Schachzug sein. Abgesehen davon wollte er Selina nicht enttäuschen. Er wusste, wie sehr sie sich auf das Fest freute, und ob es ihm nun gefiel oder nicht, seine Anwesenheit dort war ein nicht unerheblicher Teil dieser Freude. Nicht weil sie mit ihm persönlich dort durch die Gegend streifen und die großen Abenteuer erleben wollte – dafür hatte sie ihre Freundin –, sondern weil die Gegenwart beider Elternteile ihr viel bedeutete.

Warum Martina ihm überhaupt von Kamilla und dem Waffelstand erzählt, ihn quasi vorgewarnt hatte, war ihm nicht ganz begreiflich, aber sie hatte es getan. Ob zu seinem Glück oder zu seinem Nachteil, war für ihn schwer zu beurteilen. In dem einen Moment empfand er es als vorteilhaft, gewarnt zu sein, sich darauf einstellen zu können, im nächsten Moment überwältigten ihn Unruhe und Nervosität. Möglicherweise hatte sie gar nicht vorgehabt, es zu verraten, sondern in der Emotionalität des Streitens unbeabsichtigt ein Wissen preisgegeben, das sie ursprünglich hatte für sich behalten wollen. Im Eifer des Gefechts wurden nicht selten Dinge erwähnt, die eigentlich unerwähnt hätten bleiben sollen, das wusste Leidegger sehr gut aus eigener Erfahrung. Dagegen allerdings sprach der spitze, fast schadenfrohe Ausdruck, der sich nach dieser Mitteilung in ihrem Gesicht gezeigt hatte. Je intensiver er über diesen Gesichtsausdruck nachdachte, desto weniger verstand er ihn. Taktisch klüger und viel aussagekräftiger wäre es doch aus ihrer Sicht gewesen, ihn ganz und gar unvorbereitet auf diesem Fest mit Kamilla zusammentreffen zu lassen und ihn dabei zu beobachten. Seine unmittelbare, unbewusste Reaktion, den Überraschungseffekt, hatte sie sozusagen selbst untergraben. Warum? Die einzige Antwort, die er sich darauf geben konnte, stand unter dem Schlagwort Zermürbung. Weil sie ihn gut genug kannte, um zu wissen, wie sein Hirn beschaffen war, wusste sie ebenso gut, was eine scheinbar nebenher getätigte Äußerung höchstwahrscheinlich in ihm bewirkte: »Und dich stört es dann wohl auch nicht, dass du ›dieser Person‹, wie du sie nennst, bald wieder begegnen wirst« – und schon war die Maschinerie der stetigen Zermürbung in Gang gesetzt, schon war das Fest kein normales Fest mehr, sondern eines, das ihm den Kopf von innen heraus auffraß. Kamilla war der Dorn in ihrem Auge, der Stachel in ihrem Fleisch, und das schon seit sie sich kennengelernt hatten. Und ganz egal, ob sie nun an eine Affäre glaubte oder nicht: Sobald Kamilla auf Martinas Bildfläche erschien, musste er dafür büßen. Diesmal zurecht, das war der große Unterschied, und er spürte geradezu körperlich, wie sein persönliches Drama auf den unausweichlichen Höhepunkt zusteuerte. Die Handlung dieses Dramas, die mit Kamillas unangekündigtem Besuch in der Werkstatt begonnen hatte, würde nun auf die eine oder andere Weise auf diesem elenden Fest ihr Ende finden. Schritt für Schritt hatte sich der Spannungsbogen aufgebaut, in kleinen Häppchen, harmlosen Vorkommnissen, die nur in der Gruppe stark waren. Aber eine Gruppe waren sie eben leider geworden. Wie langsam und kontinuierlich, fast lehrbuchmäßig sich alles aufgebaut hatte! Jedes Mal eine kleine Steigerung, ein weiterer kleiner Schritt auf den großen Wendepunkt zu. Das große Finale auf diesem Fest, wo sich ein Aufeinandertreffen praktisch nicht vermeiden ließ, war bloß der nächste logische Handlungsschritt. Wie das Ende konkret aussehen würde, ob es in eine Tragödie mündete oder als Komödie mit Happy End zu bezeichnen wäre, stand noch in den Sternen, wiewohl Leidegger sich dessen inzwischen auch nicht mehr ganz sicher war. War er inzwischen nur mehr passiver Konsument dieser Geschichte oder durfte er zu der Handlung noch seinen Senf dazugeben? Der Ausdruck ›Geschichten, die das Leben schreibt‹ schoss ihm ein, aber es fühlte sich für ihn längst nicht mehr an, als ob es wirklich das Leben wäre, das seine Geschichte schrieb, sondern sein Leben war wie eine Geschichte, eine allzu bekannte Geschichte. Immer stärker kam er sich vor wie eine Figur, die sich irgendjemand ausgedacht und zum traurigen Helden eines Alltagsdramas erklärt hatte. Mit diesem Menschen hätte er gern ein Wörtchen geredet, um ihm darzulegen, es sei nicht alles so, wie es scheine, er sei gar nicht so. Die Umstände, nur die Umstände hätten ihn in diese Lage gebracht, würde er sagen, und eigentlich sei er kein schlechter Mensch. Hören Sie, was ich sage: Ich bin kein schlechter Mensch! Erneut fielen ihm die Schicksalsgöttinnen mit ihren Fäden ein, und erneut war er so fasziniert von dieser Vorstellung, dass er die Neigung in sich spürte, sich allein aus Ehrfurcht vor so einer symbolischen Schönheit tatenlos seinem Schicksal zu ergeben. Du hast die Fäden nicht mehr in der Hand, von jetzt an entscheidet das Schicksal, sagte er sich selbstaufopfernd. Sogar einen Anflug von Größe vermeinte er, in diesem Opfergedanken zu erkennen, ein Bild des antiken Helden, der das Schicksal, das ihm von den Göttern auferlegt wurde, erträgt wie ein Mann. Aber wirklich überzeugt war Leidegger davon nicht, und deshalb durfte er nicht aufgeben. Er musste kämpfen, um seine Familie kämpfen! Ob diese Kampfesmoral eher dem klassischen Heros oder dem nach einem absurden Moralkodex mordenden Gangster zuzuschreiben war, wusste er schon wieder nicht mehr, und es änderte auch nichts an der Sache. Das Fest also, nur darum ging es jetzt. Er musste sich auf dieses Fest vorbereiten.

Es gab einen Parkplatz neben dem Gelände, auf dem alljährlich das Fest stattfand, dort würden sie sich mit Selinas

Freundin und ihren Eltern treffen. Er würde auf jeden Fall pünktlich erscheinen, überpünktlich sogar, dachte er, revidierte den Gedanken aber noch im selben Augenblick. Es galt, jede Auffälligkeit zu vermeiden, und übertriebene Pünktlichkeit war kaum weniger auffällig als Zuspätkommen. Allerdings konnte, wenn außer ihm noch niemand da war, auch niemand seine eventuelle Überpünktlichkeit bemerken, das verstand sich von selbst. Trotzdem, nur pünktlich, dachte er und sah vor sich, wie sich die beiden auf dem Parkplatz zusammengetroffenen Familien begrüßten und wacker ausschritten in Richtung Festgelände. Sie waren mit den Eltern von Selinas Freundin bislang nur flüchtig bekannt – die beiden Mädchen waren erst seit wenigen Monaten beste Freundinnen –, weshalb der Anlass nebenbei auch dem besseren Kennenlernen gewidmet war. Die wenigen Gelegenheiten, bei denen Leidegger mit einem oder beiden Elternteilen zu tun gehabt hatte, beim Abholen oder Bringen oder bei Schulveranstaltungen, hatte allerdings kein großes Bedürfnis nach näherer Vertrautheit in ihm ausgelöst, besonders nicht mit dem Vater. Der Vater schien ihm ein Mensch zu sein, der zu Lautstärke neigte, zu allem eine unverbrüchliche Meinung hatte und kein Problem darin sah, andere zu übertönen, nur weil sie andere Ansichten vertraten oder Gegenargumente parat hatten. Natürlich wusste Leidegger das nicht mit Gewissheit, aber so schätzte er ihn ein anhand der verstreuten Szenen, in denen er ihn erlebt hatte. Gewiss würden sie anfangs noch kurz als geschlossene Kleingruppe zum Ort des Geschehens spazieren, bevor die Mädchen sich absonderten und zu bequatschen begannen, was Mädchen in ihrem Alter eben so bequatschten. Und wie es bei Gelegenheiten dieser Art so häufig geschah, würden bald darauf entweder die Männer oder die Frauen beim Gehen ein Stück zurückfallen, eine automatisierte Geschlechtertrennung, die er aus eigener Erfahrung kannte und auch immer wieder bei anderen Leuten beobachtete und die er auf den Tod nicht ausstehen konnte. Er hasste es, mit Männern, die er kaum kannte, über Männerthemen reden zu müssen, nur um aus Höflichkeit oder Verlegenheit nicht aus der Rolle zu fallen. Die Vor- und Nachteile des Gebrauchtwagenkaufs, Haus und Garten, Sport, Politik, Handwerk, Hobbys – Leidegger hatte schon eine ziemlich unangenehme Vorstellung davon, was dieser Mensch glaubte, mit ihm bereden zu müssen, da man ja schlecht schweigend nebeneinander hergehen konnte. Auf die Art würden die beiden Familien eine, zwei, drei Runden an den Buden und Attraktionen vorbeischlendern und sich danach irgendwo zum Essen und Trinken niederlassen, während die Mädchen, mit ausreichend Geld ausgestattet, in der Hüpfburg herumtobten, Autoscooter fuhren, Tischtennis, Tischfußball, Airhockey spielten oder irgendwo abseits ohne Eltern ein Eis aßen.

Und irgendwann dazwischen, oder vielleicht schon ganz am Anfang, würden sie an Kamilla vorbeikommen. Allein beim Gedanken daran spürte er, wie vor Gezwungenheit alle Muskeln in seinem Körper steif wurden. Schon jetzt wusste er, sofort nach Betreten des Festgeländes würde jede Natürlichkeit wie ein zu großes Kleidungsstück von ihm abfallen und durch eine krampfhafte Gezwungenheit ersetzt werden. Alles, was er von diesem Moment an sagen oder tun würde, wäre gespielt, und er konnte nur beten, einen guten Tag als Schauspieler zu erwischen. Das Fest war seine Bühne, und er musste Normalität spielen. Sein gesamtes Betragen war auf diesen einen Moment ausgerichtet, in dem er auf Kamilla treffen würde. Er wusste nicht, wann es passieren würde, nur dass es passieren würde, und in diesem Wissen musste er alles von der Normalität Abweichende so gut wie möglich unterdrücken. Lockerheit, Gelassenheit, Ungezwungenheit waren die großen Stichworte, an denen er sein Schauspielern ausrichten musste, genau wie an dem Tag, als er Kamilla möglichst unauffällig als »gewöhnliche Kundin« aus der Werkstatt hinausbegleitet hatte. Mit dem einen großen Unterschied, dass es sich damals um eine Angelegenheit von nicht einmal einer Minute gehandelt hatte. Bald würde er mehrere Stunden hindurch schauspielern müssen! Der Gedanke daran ließ ihn zittern. Wie schwierig es für einen durchschnittlichen Menschen war, zu hundert Prozent authentisch ein Schauspiel zu treiben, wusste er aus seinem Beruf: Die schlechtesten Fotos waren die, auf denen die Fotografierten sich an einem unechten Lächeln versuchten. Wer heute beim berufsmäßigen Ablichten immer noch mit dem Bitte-Lächeln-Sager ein freundliches Gesicht provozieren wollte, sollte von den Zunftobersten mit einem ewigen Bann belegt werden. Wenn er Jugendliche sah, konnte er auf den ersten Blick erkennen, wer von ihnen eine natürliche Coolness besaß und bei wem sie nur gespielt war. Immer wieder ertappte er sich bei einem Lächeln, wenn er dreizehn-, vierzehnjährige Burschen sah, die sich für maximal cool hielten und selbst nicht bemerkten, wie sie pausenlos an sich hinunterblickten und jede spiegelnde Fläche, an der sie vorbeischlurften, dazu nutzten, um zu überprüfen, ob die Markenhose auch nice auf den Schuhen auflag, die Gürtelschnalle mit dem unverkennbaren Logo nicht vom Gaming-T-Shirt verdeckt wurde oder die geile Smartwatch unsichtbar unter den Jackenärmel gerutscht war. Oder nach einem Actionfilm im Kino: Wem war nach einem Actionfilm noch nicht aufgefallen, dass sogar erwachsene Männer wie lächerliche Karikaturen des männlichen Filmhelden den Saal verließen und alles an ihnen plötzlich viel männlicher wirkte, mit einer Breitbeinigkeit, als wäre ihnen ein unsichtbarer Gaul zwischen die Beine geraten. Wenn Leidegger so Normalität spielte, konnte er gleich vor Martina einen Kniefall machen und »Ich gestehe! Ich gestehe!« ausrufen.

Neben zahlreichen anderen Faktoren, die er beachten musste, kein Herumzupfen an den Fingernägeln, kein Fäusteballen in den Hosentaschen, kein Zusammenpressen der Lippen und Ähnliches, war es vor allem das Gesicht, das er streng unter Kontrolle halten musste, und die vielen Stunden im Auto nutzte er nun zusätzlich dazu, sich zu Übungszwecken alle denkbaren Gesichtsausdrücke vorzuspielen, die er auf dem Fest unter Martinas beobachtenden Augen dann geschult würde abrufen können. Wie vor dem Casting für die Hauptrolle in einem bedeutenden Theaterstück trainierte er alle Spielarten der Mimik, und nicht selten ertappte er sich dabei, statt auf die Straße in den Rückspiegel zu blicken. Da er von irgendwoher die Kenntnis zu haben meinte, je tiefer sich die einzelnen Gesichtsausdrücke in das Muskelgedächtnis einprägten, desto unwillkürlicher, intuitiver und authentischer würden sie sich bei Bedarf hervorbringen lassen, trainierte er mit großem Fleiß. Ganz nebenbei lernte er dabei sein eigenes Gesicht auf völlig neue Art kennen, mit einem Mienenspiel von einer Bandbreite, die er kaum für möglich gehalten hätte. Was er in kürzester Zeit alles mit seinem Gesicht anzustellen lernte! Je mehr Zeit er dem Training widmete, desto überzeugter war er, so gut wie alles lasse sich allein mit dem Gesicht ausdrücken. Beinahe schämte er sich, wenn er daran dachte, wie viele Schauspielerinnen und Schauspieler er schon in Filmen und TV-Serien gesehen hatte, ohne ernsthaft auf ihre jeweilige Mimik zu achten und ihre Leistung wertzuschätzen. Allein die Augenbrauen – alles stand und fiel mit den Augenbrauen. Eine Spur nach oben gezogen, und aus einem durchschnittlich ausdrucksvollen Gesicht wurde ein zweifelndes, argwöhnisches, höhnisches Gesicht, eine Spur zu viel, und es wurde eine Überraschung daraus. Als er entgegen seinem Vorsatz, nur im Auto zu proben, abends vor dem Badezimmerspiegel einmal mehr feststellte, was für eine entscheidende Bedeutung diesen der Schweißabhaltung dienenden Haarstreifen zukam, erwog er einen Moment, sich zum Zweck noch größerer Ausdruckskraft die Augenbrauen zu zupfen. Zwei sauber gepflegte, ebenmäßige Striche, die sich auch aus der Entfernung scharf in der Visage abzeichneten, konnten bei seinem bevorstehenden Bühnenauftritt nur von Vorteil sein. Allerdings machte Leidegger sich nur selten an seinen Augenbrauen zu schaffen, weshalb er von dieser Idee gleich wieder abkam. Was würde Martina denken, wenn er kurz vor dem Showdown auf dem Fest plötzlich anfinge, sich die Augenbrauen zu zupfen? Er sah die Schlagzeile vor sich: Überführt durch ungewohnte Kosmetik! Als sie gleich darauf hinter ihm im Badezimmer erschien und leicht erschrak über den neuen Gesichtsausdruck, den er gerade probte, war die Idee doppelt gestorben.

Stattdessen fiel ihm etwas anderes ein: Bei allem Training, das er seinem Gesicht abverlangte, durfte er nicht auf die zweite Person vergessen, die in dieses schicksalsträchtige Aufeinandertreffen wesentlich involviert war: Kamilla. Anders als er war sie über dieses Zusammentreffen nicht informiert. Er konnte sich vorbereiten, so viel er wollte, nur nützte ihm das herzlich wenig, wenn Kamilla dann diejenige war, die perplex und überrascht durch eine eindeutige Reaktion alles verriet. Er musste sie schleunigst darüber informieren. Diese Angelegenheit erwies sich für ihn als so dringlich, dass er beschloss, am nächsten Tag bei ihr vorbeizufahren.

Es war der Tag der abschließenden Redaktionssitzung des Magazins. Er hatte die fertigen Fotos am Abend davor gesendet und von der Redakteurin bereits eine positive Rückmeldung erhalten. Spätnachts hatte sie ihm noch eine Nachricht geschickt und ihn gebeten, zur Sitzung zu kommen. Es sei nicht zwingend erforderlich, hatte sie geschrieben, aber es würde sie sehr freuen, sollte er die Zeit finden und vorbeikommen, vielleicht fiele ihm bei der Gestaltung des Layouts ja noch etwas auf, das sich verbessern ließe. Leidegger fühlte sich geschmeichelt und sagte zu. Es freute ihn, dass seine Meinung gefragt war, aber auch aus einem anderen Grund wollte er an der Sitzung teilnehmen: Bei einem Gespräch zwischen der Redakteurin und einer der Veranstalterinnen hatte er zu hören geglaubt, die Fotografin, für die er eingesprungen war, werde demnächst ein zweites Kind bekommen. Er wusste nicht sicher, ob sie wirklich über die Fotografin gesprochen hatten, glaubte es aber und gestattete sich eine leise Hoffnung auf irgendeine Art von Zukunft bei diesem Magazin. Er fuhr also dorthin, doch abgesehen von dem Moment, als seine Arbeit und sein vorbildlicher, unermüdlicher Einsatz gelobt wurden, erwies sich die Zusammenkunft als eine eher langweilige und, vor allen Dingen, langwierige Angelegenheit. Die Fotos waren bereits ausgewählt, der Rest hatte wenig mit ihm zu tun und interessierte ihn nicht besonders. Es war lange her, seit er das letzte Mal mit anderen aus beruflichem Anlass zur Besprechung an einem großen Tisch zusammengesessen war, und er vermisste es nicht. In seiner früheren Arbeit hatten solche Sitzungen einmal wöchentlich stattgefunden, und genau wie heute war das Anstrengendste daran für ihn gewesen, Aufmerksamkeit vorzutäuschen und aufzupassen, dass ihm nicht vor Langeweile der Kopf absackte. Er saß da und legte sein Hauptaugenmerk darauf, sich nicht anmerken zu lassen, wie sehr es ihm lieber wäre, nicht hier zu sein. Von einer Schwangerschaft der Fotografin war nicht die Rede, trotzdem wollte er sich nicht gern mögliche Aufträge durch offensichtliches Desinteresse verbauen. Es war spät, als die Sitzung zu Ende war und er endlich zu Kamilla fahren konnte.

Er wusste, dass sie zu Hause war, weil ihr Auto vor dem Haus stand. Er stieg aus, klingelte, aber sie öffnete nicht. Aufgrund der Wichtigkeit dieser Sache fühlte er sich dazu berechtigt, das Klingeln sehr oft zu wiederholen. Er legte das Ohr ans Türblatt, um zu lauschen, hörte aber keine Geräusche. Schließlich holte er das Handy heraus und wählte ihre Nummer. Er trat einige Schritte von der Tür weg, das Telefon am Ohr, und schaute zu den Fenstern im Obergeschoß. In zwei davon brannte Licht. Er ließ es klingeln, bis sich ihre Mobilbox meldete, dann probierte er es noch einmal. Nach dem dritten erfolglosen Versuch stieg er ins Auto. Sie duscht wahrscheinlich, dachte er und beschloss, abzuwarten und es bald noch einmal zu versuchen. Nach fünf Minuten stieg er aus und ging wieder zur Haustür, um zu klingeln. Da öffnete sie.

»Was ist los mit dir?«, sagte sie.

Ihr Tonfall war streng; streng und genervt, aber nicht laut. Eine plötzliche Ahnung überkam ihn, der hoffnungsvolle Vorbote einer glücklichen Fügung, die er insofern bestätigt glaubte, als sie ihn nicht hereinbat, auch nicht in der geöffneten Tür stehen blieb, um ihm den Zugang durch ihr bloßes Stehen zu verwehren, sondern durch einen schmalen Spalt zu ihm herausschlüpfte. Sie lehnte die Tür an, vermutlich um sich selbst nicht auszusperren. Hätte sie einen Hund oder eine Katze gehabt, hätte er es für das normale, automatisierte Verhalten einer Haustierbesitzerin gehalten, aber sie hatte kein Haustier. Dieses heimliche Getue verriet so offensichtlich, was es zu verbergen versuchte, dass er sich in seiner Intelligenz beleidigt fühlte. Weil er sehr genau wusste, welcher Teil des Hauses bei offen stehender Tür einsichtig geworden wäre, und ihm nur ein einziger Grund in den Sinn kam, weshalb sie seinen Blick darauf verhindern wollte, hätte sie die Tür ebenso gut sperrangelweit aufreißen können. Im Grunde wäre diese Vorgehensweise sogar weniger auffällig gewesen: Hätte sie ungerührt den Blick freigegeben auf einen Esstisch, auf dem Teller und Besteck und vermutlich Weingläser zu sehen waren, wäre vielleicht noch der Gedanke möglich gewesen, sie hätte eine Freundin oder einen Elternteil oder einen Firmenkontakt zu Besuch. So aber war eindeutig, dass der Besucher selbst und der Anlass seines Besuchs vor ihm geheim gehalten werden sollten, und es blieb nur der einzig mögliche Schluss. Der Ärger, der darum in Leidegger aufwallte, resultierte nicht aus der Tatsache – und für eine Tatsache hielt er es –, dass sie einen Mann zu Besuch hatte, sondern weil zum wiederholten Mal grell glitzernd ein Klischee in Kraft getreten war. So, wie Gesetze in Kraft treten, traten für Leidegger Klischees in Kraft. Das Zusammenleben in der Gesellschaft wurde durch Gesetze geregelt, die jedoch erst bei einer Übertretung zur Anwendung kamen – aber nicht pausenlos und gegen eine einzelne Person. Das menschliche Leben hatte massenhaft abgegriffene Schablonen aufzuweisen, aber nur weil es Klischees gab, mussten sie deshalb noch lange nicht zur Anwendung kommen, und nicht alle gegen ihn! Würde er jetzt ins Schlafzimmer hinaufrennen und den Kleiderschrank aufreißen, würde er wahrscheinlich einen nur mit Socken bekleideten Mann darin entdecken, der sich erschrocken mit beiden Händen die Scham bedeckte. Oder aber er hätte sich unter dem Doppelbett versteckt, und wenn Leidegger sich darauf niederließe, würde der Lattenrost bis zur Nasenspitze des Mannes durchgedrückt, der in allerletzter Sekunde einen Aufschrei unterdrückte. Warum nur mussten ihm andauernd solche Bilder in den Kopf schießen? Sogleich folgte das nächste: In einer romantischen Komödie, die er sicher ein Dutzend Mal ganz oder in Ausschnitten mit Martina gesehen hatte, verliebt sich eine weltberühmte Schauspielerin in einen einfachen Buchhändler; sie beginnen eine Beziehung, und nachdem eine Reihe von Unannehmlichkeiten sie wieder auseinander geführt hat, taucht sie eines Tages vor der Haustür des Mannes auf, um den phänomenalen Satz zu äußern: »Ich bin auch nur ein Mädchen, das vor einem Jungen steht und ihn bittet, es zu lieben.« In Sekundenschnelle hatte Leidegger diesen Satz auf seine eigene Lage umgemünzt und hörte sich sagen:

»Ich bin auch nur ein Junge, der seine Ehefrau betrogen hat und seine Affäre bittet, ihn nicht ans Messer zu liefern.«

»Was redest du?«, fragte Kamilla.

»Kennst du den Film nicht?«

Sie reckte den Hals und sah ihn aus großen Augen an:

»Es ist halb zehn am Abend, du rufst mich hundertmal an, läutest Sturm an meiner Haustür, um mich zu fragen, ob ich den Film kenne?«

»So, wie du das sagst ...«

»Hört es sich leicht verrückt an, wolltest du sagen?«, unterbrach sie ihn.

Dagegen konnte er wenig vorbringen; es wäre ihm lieber gewesen, er hätte es nicht gesagt. Er fühlte sich unangenehm verfolgt von den Filmszenen, die ihm ständig einfielen, spielte aber gerade selbst eine nach. Und auf absurde Weise gefiel sie ihm auf einmal sogar. Es gefiel ihm, abends in dem weichen Licht der Straßenlaterne vor Kamillas Haustür zu stehen und eine Szene mit dieser Frau zu erleben. Eine bedeutende Szene. Und es wurde ihm plötzlich klar, dass genau das der Grund war, weshalb sie ihm gefiel, weil sie von Bedeutung war.

»Wir werden auch auf dem Fest sein«, sagte er.

»Aha«, sagte sie.

»Mit wir meine ich Martina, Selina und mich.«

»Was du nicht sagst.«

Ihm wurde ein wenig unbehaglich bei dem Tonfall, der Kamillas letzte Äußerung untermalte. Sie wirkte gereizt, was ja verständlich war, nachdem er sie mit Anrufen und Türklingeln traktiert hatte. Unbehaglich daran war wie immer die Ungewissheit: Zu welchen Handlungen mochte diese Gereiztheit eine Frau wie Kamilla womöglich treiben? Er kannte sie lange, aber nicht lange genug, um sich eine unumstößliche Einschätzung darüber zuzutrauen, ob sie etwa in Liebesdingen zur Rachsucht neigte. Er glaubte es nicht, aber das Glauben reichte ihm nicht.

»Selinas beste Freundin wohnt in dem Ort, in dem das Fest stattfindet. Wir sind mit ihr und ihren Eltern dort verabredet.«

»Wie kommst du darauf, dass ich dort sein werde?«

»Martina hat es herausgefunden.«

»Ach, hat sie das.«

»Du musst das nicht so abfällig sagen.«

»Ahnt sie etwas?«

»Ja. Sehr viel sogar. Sie sagt, sie hat es durch Zufall entdeckt. Ob das stimmt oder nicht, kann ich nicht sagen. Wahrscheinlich eher nicht. Sie hat ein Foto von dir entdeckt, auf dem du an einem Verkaufsstand Waffeln ausgibst.«

»Verstehe.«

»Dann verstehst du auch, warum ich unbedingt vorher mit dir reden wollte.«

»Unbedingt heute? Unbedingt jetzt? Wir hätten telefonieren können.«

»Ich dachte, du wärst duschen oder was weiß ich. Und ich wollte das lieber persönlich mit dir besprechen. Dass du jemanden zu Besuch hast, den ich nicht sehen darf, konnte ich nicht wissen.«

»Wen ich zu Besuch habe, geht dich nichts an.«

»Das stimmt, so war das nicht gemeint.«

»Vielleicht solltest du anfangen, dir vorher zu überlegen, was genau du eigentlich meinst, und erst dann den Mund aufmachen.«

»Gut, es tut mir leid.«

Sie nickte. Sie schüttelte den Kopf und sah ihn an. In ihren Augen konnte er keine Spuren einer ernsthaften Verstimmung mehr entdecken. Eher wirkte es, als ob sie Mitleid mit ihm hätte. Eine ganze Weile sahen sie einander nur an. Leidegger hatte das Bedürfnis zu lächeln, untersagte es sich aber. Er wollte ihren Gemütszustand, was auch immer es für einer sein mochte, nicht auf die Probe stellen. Auch sie schien die Bedeutung dieses Moments trotz allem nicht als etwas Negatives zu empfinden. Sie hatte sich an den Türrahmen gelehnt, und nach einem kurzen Seufzen sagte sie schließlich:

»Dass ich ein Spielzeug war für deine Lebenskrise, macht mir nichts aus, du warst dasselbe für mich. Es war schön, was wir zusammen hatten, aber das muss jetzt ein Ende haben, das ist uns wohl beiden klar. Ich habe nie darauf spekuliert, dass du deine Frau verlässt. Für mich wird die Zeit knapp, wenn ich in diesem Leben noch eine Familie gründen will. Ich hatte nie wirklich vor, das mit dir zu tun. Ein- oder zweimal habe ich darüber nachgedacht, das gebe ich zu. Damals wahrscheinlich, als ich zu dir in die Werkstatt gekommen bin. Ich habe auch manchmal dunkle Momente, in denen ich mich einsam fühle und Angst habe, für immer allein zu bleiben, vielleicht nie eine Familie zu haben. Das mit uns war ein Spiel, ein schönes Gedankenspiel, wie es hätte sein können, wenn damals alles nur ein wenig anders gelaufen wäre.«

»Das stelle ich mir auch manchmal vor.«

»Klar tust du das. Tut doch jeder, und das ist auch völlig in Ordnung. Nicht in Ordnung ist, dass du mich billig nennst und mich um halb zehn am Abend wie ein Irrer aus dem Haus läutest.«

»Es tut mir leid.«

»Du brauchst nicht andauernd zu sagen, es tut dir leid, das glaube ich dir. Und ich weiß auch, was dir noch leidtut: überhaupt etwas mit mir angefangen zu haben. Du hast Angst vor billigen Klischees und bist selbst eines. Ein trauriger alter Hut, aber was soll's. Du wirst nicht derjenige sein, der das Rad neu erfindet, sondern in der Hoffnung alt werden, dass es nie herauskommt. Von mir hast du übrigens nichts zu befürchten, falls dich das beruhigt, ich habe kein Interesse daran, dein Leben zu zerstören. Das heißt, sofern es nicht sowieso zu spät ist.«

»Nur ist da eben noch dieses Fest.«

»Auf dem ich nicht sein werde.«

»Wirst du nicht?«

»Nein. Deine liebe Frau hat da offenbar etwas falsch interpretiert. Der Waffelstand gehört meinem Onkel. Ich habe ihm nur einmal ausgeholfen, letztes Jahr, weil meine Tante krankheitsbedingt ausgefallen ist.«

Nach einer Pause, in der Leidegger nichts zu sagen einfiel, fragte sie:

»Gibt es noch ein paar letzte Worte, die du sagen willst? Irgendetwas, was du unbedingt loswerden musst?«

»Nein. Das heißt … nein.«

»Gut, dann kannst du ja gehen. Ich würde gern wieder in mein Haus zurückkehren, wenn du nichts dagegen hast.«

Er ging, und er konnte beinahe spüren, wie der Faden, der unsichtbare Schicksalsfaden, ihn zurückhalten wollte. In einem Buch hatte er einmal einen Abschnitt über Hollywood-Klischees gelesen und eine typische, darin beschriebene Szene wiedererkannt: Nach einem wichtigen Gespräch dreht sich die davongehende Person ein letztes Mal um und sagt: »Und [bedeutungsschwere Pause:] … danke.« Jetzt verspürte er selbst den Drang, sich im Davongehen umzudrehen und irgendeine lächerliche Äußerung wie »Ich liebe dich, ich habe dich immer geliebt« von sich zu geben, um wenigstens etwas zu haben, das einer markanten Schlussszene nahe kam. Er tat es nicht und war froh darüber. Es wäre ihm falsch vorgekommen, in dieser Szene noch die letzten Worte an sich zu reißen.

Als er im Auto saß, weinte er. Und nicht einmal weinen konnte er, ohne währenddessen über das Weinen nachzudenken. Der Grund, weshalb fast gleichzeitig mit dem Zufallen der Autotür die Tränen zu sickern begannen, war der pathetische Gedanke, dass der Faden, der trotz ihrer getrennten Leben so lange zwischen ihnen beiden bestanden hatte, nun endgültig gerissen war. Nachdem dies zu Ende gedacht war, weinte er nur mehr um des Weinens willen: Seht den Mann, der da sitzt in seinem zugemüllten Mittelklassewagen und einsame Tränen vor sich hin weint! Er achtete nicht darauf, ob er in dem letzten tiefblauen Tageslicht von Spaziergängern oder durch die Gegend streifenden Jugendlichen bemerkt wurde, aber selbst wenn, es wäre ihm gleichgültig gewesen. Plötzlich fiel ihm ein Zeitungsbericht über einen sexistischen, ultramännlichen Internetstar ein, den er vor einigen Monaten gelesen hatte und der auch von einem Bild begleitet war, auf dem dieser mannhafte Mann in Jogginghose und Sneakers, mit einer Zigarre im Maul, neben seinem unbeschreiblich teuren Sportwagen abgelichtet war. Sofort stellte Leidegger sich vor, jemand würde nun ein Bild von ihm selbst schießen, in genau diesem Moment, und es neben das Sportwagenfoto des anderen ins Internet stellen – und weinte gleich noch mehr. Aber nicht aus Frust oder Traurigkeit, sondern vor Freude! Sollte aus irgendeinem absurden Grund der wenig wahrscheinliche Fall eintreten, dass er sich für eines dieser beiden Fotos entscheiden müsste, würde er sich ohne zu zögern für sein eigenes entscheiden!

Mit diesem Gedanken startete er den Motor. Er lächelte, weil nach allen Ängsten und Gedankenverwirrungen, die ihm in den letzten Wochen zugesetzt hatten, nicht er für das Ausbleiben eines großen Finales verantwortlich war, sondern Kamilla. Dass sein kleines Leben nicht einmal hinreichte, um einen kontinuierlich straffer gezogenen Spannungsbogen mit einem klassischen Ende zu belohnen, hätte er eigentlich vorhersehen müssen. Die schicksalsschwere Tragödie oder das Happy End einer mittelmäßigen Komödie – er hatte nichts davon. Mit mäßigem Druck trat er aufs Gaspedal, nachdem er die Ortstafel passiert hatte und in die dunkle Weite der Landschaft hinausfuhr, und wusste nicht, ob er gewonnen oder verloren hatte.

Umschlag: & Co graphikdesign www.und-co.at
Satz: AD
Druck: Florjančič

Gefördert von der Stadt Wien Kultur

ISBN 978-3-99059-140-6

www.droschl.com
Literaturverlag Droschl Stenggstraße 33 A-8043 Graz